KB202047

선생님은 '꼭 책으로 엮어보고 싶어요'

# 초등생 일기

# 인사말

초등학교 시절, 시 영재로 뽑히고 일기를 잘 쓴다는 말을 전해 들었지만,

개인의 프라이버시 영역이기에 주시하지 않았습니다.

그렇게 시간이 흘렀고, 지금은 어릴 적 꿈을 찾아 과학자가 되기 위해

(S사) KAIST에서 학위과정을 이수하고 있습니다.

최근, 책을 정리하면서 일기장을 살펴보게 되었는데,

당시 초등학생의 시각에서, 보고 겪은 일들을,

통찰력과 사고력을 바탕으로,

유머 있고 재치 있게 표현한 부분들이 인상적이고,

꼭 책으로 엮어 보고 싶다는 담임선생님 메모를 계기로,

잘 보존해야겠다는 마음에서 27편의 영어일기와

함께 선별하여 발간하였습니다.

관심있게 읽어 주셔서 감사합니다.

# 목 차

## 유치원

2005. 11. 21. 월.

<낙엽>
바람에 떨어지는 낙엽
바람에 살랑살랑 떨어지면서
우리 미소를 그려 갑니다.

바람이 더 세게 불수록
낙엽은 나를 향해 오는 이 기쁨!
낙엽은 정말 신기하다.

바람과 낙엽만의 사랑
바람과 낙엽이 멀리 날아갈수록
난 행복합니다.
낙엽과 바람이 마주치며 나를 맞대는
것만으로도 난 행복합니다.

그때까지 난 가을을 기다리고 기다렸다.
그렇게나 난 가을을 좋아했다는 것이다.

## 1학년

2006. 6. 1. 목.

여름이 와서 오늘은 더웠다.

그래서 난 땀을 많이 흘렸다. 그리고 오늘부터 6교시를 했다.

더운 날씨에 공부 하기가 좀 힘들었지만, 훌륭한 사람이 되기 위해서는, 참고 열심히 해야 한다고 생각한다.

이젠 초여름이 온거 같다.

벌써부터 무더운 여름이 걱정되기도 한다.

하지만, 난 무더운 여름이 와도 공부를 할 수 있다.

2006. 6. 6. 화.

오늘은 현충일이다. 난 학교에 가지 않았지만 공부를 했다. 그리고 오늘 주말농장에 갔다.

꽃이 피고, 열매도 열렸다. 그래서 난 물을 주어서 꽃과 열매가 더 잘 자랐으면 좋겠다.

그리고, 풀도 뽑고, 배추를 캐서 오늘 저녁 반찬으로 한다고 하셨다.

또, 오늘 중에서 가장 재미있었던 일은 역시 주말농장에 갔었던 일이다.

2006. 7. 8. 토.

오늘 아빠와 나는 게임을 하였다.
재미있는 게임이었지만 제목을 모르고 승패가 없는 게임이었다.
그리고 다음엔 Science와 Reading Street 시험하기 위하여, Science, Reading Street 예습을 하였다.
시험이라서 쉽지 않아 많이 하지 못했지만 좀 열심히 하였다.
아빠는 내가 공부할 때, 많이 하지 않고 공부를 하다가 짜증을 내면, "쉬어!!" 하고 자유시간을 주지만, 매우 화나여, 그날은 날 생각조차도 하지 않습니다. 그날 또 2~4시간 지나면 다시 좋아집니다.
그리고 이 하루에서 가장 재미있었던 일은… 없는데.

2006. 9. 20. 수.

그새 학교에서 공부하고 나오니 나에겐 좀 더웠다.
하지만, 조금만 놀다 온걸, 얼굴이 시커먼 때꼽이 묻었다. 지금도 묻어 있다.
그리고 오늘 안 좋았던 시간은 지금이다. 예습 땜에! 지금 제일제일 기대되는 것은 바로 내일 하루다. 내일만은 열심히 하겠다.
왜냐하면 한 번쯤은 피나도록 엄마 아빠를 기쁘게 해 주고 싶어서….

2006. 10. 26. 목.

오늘 학교에 가서 견학을 갔다.

거기서 놀고, 밥 먹고, 그림도 그리고 재미있었다.

친구들과 놀면서 시간이 가는 줄 몰랐다.

생각난다. 생일잔치, 거기에 갔던 기억이 난다. 그때처럼 좋았다.

그런데, 밥 먹을 때 바람이 쌩. 쌩. 쌩. 쌩. 쌩. 쌩. 쌩. 쌩.

점점점점점점점점 추워졌다.

계속계속, 멈추지 않고, 쌩 쌩 쌩 쌩 쌩쌩쌩.

그래서 빨리빨리 가방을 쌌다.

그런데 싸자마자 바람이 쌩 쌩 쌩 쌩. 곧바로 약해졌다.

이제 집에 돌아갈 시간이 되자, 나와 친구들 자리이동 물건이동 자리 이동 물건이동, 자꾸자꾸 움직였다.

뭐 이러이러 하고 이러저러 해서 도착 했는데 차가 없었다.

이리갔다 저리갔다 조리갔다 요리왔다 간신히 차에 탔다.

그래서 간신히 집에 오고, 간신히 하루를 마쳤다.

2006. 11. 23. 목.

흠, 오늘 학교에서 Writing을 했는데 나는 영어 1실로 착각을 하였다.
민수, 원주, 경호도 영어 1실에.
우리들은 친구들을 놀라게 해 주려고 찾기 어려운 곳에 숨었다.
시간이 흘러 똑딱 똑딱 똑딱, 아니!
어떤 목소리와 함께 소름이 막 끼치는 것이 아닌가. 그것은… ! 헤헤.
우리반이 경호, 민수, 나, 원주를 영어 1실이 아니라는 것을 알려 주었네. 이것을 안 우리들은 달려갔다.
어쨌든 이렇게 1교시, 2교시, 3교시, 4교시.
아! 급식! 급식 시간에 나는 매우 어그랬다….
종이 치고서 급식을 통과. 5교시가 남았다. 5교시에 읽기, 나는 더욱더 열심히 하겠다.
집에 와서 시간표대로 하고 음! 조아!
느낀 점: 앞에서 Writing 같은 시간을 헷갈리지 않고! 앞으로 곧 2학년. 2학년!!! 예!

2006. 12. 7. 목.

오늘은 기도주일의 2번째 날이다. 그래서 이번에도 1교시에는 강당으로 가서, 또 기도에 관련된 설교를 들었다.
2교시 4학년 영어교과서. 나는 선생님과 친구들과 함께 Lesson 6 진도를

나가고,

3교시! Writing 책을 가지고 오지 않아 복사한 것으로 하고,

4교시 말듣, 듣기 평가를 보고,

5교시!! 읽기! 읽기 시간에도 받아쓰기 평가를 보고. 와, 내가 여기 중에서 제일 재미있었던 교시는 4교시. 거기서 자신 있는 발표는 물론, 자신 있는 시험도 보고. 자, 보충수업도 자신 있게. 학교 수업 끝~!

휴가로 직장에 가시지 않고 집에 나만을 기다리는 우리 아빠. 나 집에 들어왔다~!

하루를 또 시작한다. 이제 저녁때, 밥 먹고 TV 보고 자유 시간을 갖고서 그 시간에 숙제도 하고, 지금은 많은 휴식을 가졌다.

그리고 내가 제일 괴로웠던 때는 낮. 왜냐하면 아빠가 “단어 하자.” 질리는 단어.

힘들게 힘들게 하고 있는데도, 말 안 듣는다고 계속하자, 계속 하자 짜증나 죽겠다. 드 디 어 단어를 마친 난 휴식을 가졌다.

나는 졸려서 침대로 가서 누워 있었다.

아빠는 또 어디를 나갔고. 우리 아빠는 맨 날 나간다.

그리고 급식 시간에는 말 듣 보다 더 재밌었었다.

왜냐하면 지석이와 같이 밥을 먹게 되었기 때문이다. 어쨌든 이제 하루는 마쳤다.

여기서 내일의 장점과 단점.

장점: 보충수업과 주말이 가까워진다.

단점: 영어 일기! 이제 또 하룻밤 자고나서 보면 또 다른 하루가 시작되겠지. 라고 생각하고 있다.

2006. 12. 20. 수.

오늘 오케스트라 연주를 했다.
내가 기다리고 기다리면서 이리 갔다 저리 갔다. 우 리 차 례 다.
나는 조금 떨렸지만 괜찮았다. 음악회를 끝내고 5교시에 또! 기다리고 기다리면서 이리 갔다 저리 갔다 또  우 리 차 례 다!!
이번엔 더 떨렸다. 왜냐하면 우리 엄마가 동영상을 찍고 있어서!!.  겨우 음악회를 끝내고 아!
내가 아까 (기다리고 기다리면서 이리 갔다 저리 갔다) 이런 말을 했지.
앞으로 참을성이 있는 사람이 될 수가 있기를👍!

2007. 1. 31. 수.

오늘도 낮에 엄마 아빠가 마트에 가시고 그때 우리는 놀았다.
그리고 내일 학교를 다시 가야 하기 때문에 머리를 잘랐다. 그리고 독후감도 오늘 끝내고….
그런데… 독후감을 다 했는데 실수로 저장을 하지 않고 꺼 버려서 형이 쳐 줬다.
엄마 아빠가 돌아오고 할 때, 나는 엄마와 노래 한 곡을 연습하고, 아빠는 형이 친 영어 독후감을 체크해 틀린 곳이 있나 점검을 하였다.
그 피아노곡은, 내가 4살 때 1번도 헷갈리지 않고 페달도 밟으며 이웃, 친척 앞에게 쳤다.

## 2학년

2007. 3. 17. 토.

오늘은 주말이라서 형과 내가 일찍 일어났다.

그래서 유○왕이라는 카드게임을 하였다. 형과 같이 그 카드 게임을 했지만 형은 너무 잘해서 2번 이기고 5번을 졌다.

그리고 한 판을 더 했지만, 때문에 2:6이 되고 말았다.

그 카드 게임은 규칙이 살짝 복잡하며 여러 가지 전략을 짜야 하는 것이었다.

우리 둘이가 어찌나 일찍 일어났던지, 2판씩이나 했는데 6:30 정도에서 7:15 정도밖에 되지 않았다.

그래서 오늘 형과 책을 나눠 읽기도 했다.

그래도 7:25밖에 안 되자, 방을 벗어나 거실에서 소파에 앉아 있었지만, 역시나 매우 심심하였다.

아까 그 카드게임 쪽을 보면 □가 쳐져있는 낱말이 있지만, 그리고 게다가 그 낱말 옆에 ( )를 하고, 또 그것에 관련된 게 있다.

왜냐하면, 그 카드 게임은 1판 1판이 매우 매우 길~어질 수가 있어서, 만약 그 뜻을 모르면 말이 안 된다고 하겠지만 그것만은 진짜다.

어쨌든 소파에 앉아 있더니 너무나도 심심해서 DVD와 비디오라도 보았다.

방식은 뭐 뒤를 돌아보고 1, 2, 3, 4, 5, 6 중에서, 어느 숫자를 말하면 보는 것이었다.

그래서 이 The ○ Groove라는 비디오가 걸렸다.

그 비디오는 우리가 처음 봤을 때, 매우 웃어서 너무 웃겨서, 굴러다니고 했던 매우 재미있는 비디오였다.

그래서 9시쯤 되자, 엄마와 아빠가 깨어나셨다.

* 지금부터 시작

나는 아빠가 비디오를 끄고 다른 채널을 보고 계시는 것을 봤다.

나는 큰형이 아직까지 자고 있는 것을 봤다.

나는 (작은)형이 그냥 의자에 앉아 있는 것을 봤다.

나는 엄마가 TV 채널을 보면서, 발을 지압하는 것에다가 지압을 하는 것을 봤다!

자, 이제 형들 교회를 갔을 때, 나는 아빠와 Child-□ Back Ground 책을 10쪽까지 했다.

내가 그동안에 그 부분을 많이 해 놓아서 10쪽까지 쉽게 할 수 있었다.

엄마는 그때 어디를 가셨고, 아빠는 나와 공부를 하고 있었고, 아까도 말했듯이 큰형 작은형은 교회에 갔었다.

그래서 10쪽이 다 끝나자, 나는 컴퓨터를 하였다.

게임이 아니라 Child-□ 홈페이지에 들어갔다. 그래서 녹음도 하고 연습도 했다.

Child-□가 끝나자 12시가 되었다. 12시부턴 자유 시간이다.

기분이 나는 매우 좋았다. 이제 나는 컴퓨터 할 시간을 제일먼저 갖게 되었다.

나는 꾸러기에 들어가서 1위 게임을 하였다.

이제 내가 할 시간이 끝나고 형도 그 게임을 해 보았다.

형도 그 게임이 재미있었는지, 모든 단계를 다 깼다.

형은 얼마 연습도 하지 않았지만 매우 잘했다. 그때, 작은형이 나를 방으로 불렀다.

그 듀얼 게임을 하는 것이었다. 휴, 하지만 나 역시 형에게 지고 말았다. 나는 항상 전략이 달리기 때문에, 형에게 항상 지는 것이다.

이제 저녁때가 되자, 나는 저녁밥을 먹었다. 저녁밥은 치킨을 시켜먹었다.

그런데 나는 윗니이빨, 아래 왼이빨, 아래 오른이빨이 다 흔들리기 때문에 세게 씹지 못한다.

그리고 밤이 되자, 엄마와 아빠가 내기를 했는지 말판게임으로 승부를 내었다. 나도 들어갔다.

그런데 내가 컴퓨터에 신경을 많이 쓰게 되어, 말판게임을 취소하였다.

하지만 구경을 하였다.

아빠가 이길 수 있었지만, 끝부분에서 '1'이 나와 처음으로 가고 말았다. 엄마도 같은 부분에 있었다. 하지만 이겼다.

나는 이 닦고 잠을 잤다.

2007. 3. 18. 일

오늘 나는 일찍 일어나서 거실로 갔지만 아무도 없었다. 아니 형은 있었다. 그래서 나는 게임 구경을 하였다. 그러다 보니까 시간이 많이 흘러갔었다. 그래서 나는 어제 보았던 것을 오늘 또 보았다.
그래서 보는 도중에, 내가 치아를 너무 흔들거려서, 아빠가 실로 그 치아를 빼겠다고 하였다.
그래서 아빠가 이빨을 실로 묶고 순간 탁! 하고 잡아당기니… 바로 빠졌다 ! 그 이빨이 어찌나 약하던지, 한 번에 뽑혔다.
지금까지 나는 이빨을 한 번에 뺀 적이 없었다.
그래서 그 자리에서 피가 주르륵… 하고 나왔다.

2007. 3. 20. 화.

오늘 저녁에 고기를 먹었다. 지금은 치아 하나가 빠져 있는 상태다. 그 고기는 보쌈이었다. 여러 가지 방법으로 먹을 수 있었다.
양배추에 싸 먹기도 하고, 얇고 달은 백김치 같은 것에 싸 먹기도 하고, 그냥 김치와 고기를 동시에 간단하게 먹기도 하고, 김치 고기 마늘 된장을 밥에 올려 먹기도 하고, 매우 간단하게 그냥 기름장에 찍어 먹기도 하였다.
자, 먹고 나서 할 것을 거의 다 끝냈을 때, 아빠가 실로 이빨을 뺐다.
지금은 치아가 두 개 빠져있는 상태다. 단어를 하고 있을 때, 이빨에서 피가 났다. 하나는 곧 빠진다.

2007. 3. 28. 수.

생일파티에 케이크가 꼭 필요할까?

나는 케이크가 꼭 필요하다고 생각하지는 않다.

만일 더 멋진 생일파티가 되게 할 거라면, 케이크는 반드시 준비할 것이나, 그냥 즐기고 싶다면 케이크는 준비하지 않을 것이다.

왜냐하면 그래도 케이크 말고도 여러 가지 음식으로도 충분히 만족 할 수 있기 때문이다.

그래서 케이크가 생일파티에 항상 필요한 주제는 아니다.

2007. 4. 4. 수.

**모래**

모래로는 만들 수 있는 게 옛날에 만들었던 모래시계를 만들 수 있다.

모래시계로 시간을 측정하게 되었으나, 뒤집어야 했기 때문에 귀찮아 했다.

| Chapter 2 | 또한 모래는 아파트를 지을 때 사용되는 것 같다.

| Chapter 3 | 모래로는 재미있는 놀이가 아주 많지만, 모래에는 세균이 매우 많기 때문에 주의를 해야 한다.

| Chapter 4 | 그런데 나는 모래에 관하여 좀 신기한 것이 있다.만화에 나오는 것처럼 모형을 만들 수 있을까?

| Chapter 5 | 모래는 황사의 좀 원인이다. 나는 그렇게 생각한다.

2007. 4. 13. 금.

Child-□할 때, 배경에 있는 Math를 클릭하고 Number sense를 클릭하여, 다른 것을 클릭하려고 할 때 Test가 눌러지고 말았다. 알고 보니 그것도 있었다.

그래서 My Portfolio를 봐 보니 [T] 이런 그림이 있었다. 그것은 Iron key에 있었던 그림이었다.

Math에 있는 Test 말고도, Science에 있는 Quiz도 해서 My Portfolio를 보니 [9] 그림이 있었다.

하지만, 다시 Iron key를 보니 여러 가지 신기한 것들이 많았다. 그것들은 어떻게 해야 할지 모르겠다.

Child-□ 끝난 뒤로도 시간표를 보고…

어제처럼 거미와 파리를 읽었다.

줄거리는 처음에 거미가 좋은 말로 몇 번씩이나 유혹했지만 파리는 걸려들지 않았다. 그런데 결국 거미의 말에 끌려 거미에게 잡아먹히고 마는 것이었다. 이 책을 읽고 알게 되었다. 믿지 못할 사람이 하는 말은 유혹되면 안 된다는 것을….

그리고 당연히 그다음부터는 형과 게임을 하였다.

매일매일 한 번씩은 빠지지 않는 게임이었다. 그 게임은 재미있는 게임이었다.

그다음 아빠와 주사위 게임을 하고 난 뒤에 나는 이를 닦고 잤다.

2007. 4. 14. 토.

오늘 아침에 보니 너무너무 시끄러웠다.
알고 보니 오늘은 토요일이기 때문에 엄마 아빠가 주말농장에 가는 것이었다.
하지만, 우리 형은 교회에 가서 주말농장에 가질 못했다.
나는 먼저 밭을 만들고 (호미로) 씨를 심었다.
두 가지의 씨를 심었는데 상추와 쑥갓이었다. 일을 하는 게 역시나 너무나 힘이 들었다.
그다음에는 나는 맛있는 점심을 먹었다.
고기를 김치에 싸 먹고, 매우면 매실 따라 먹고, 또는 딸기 먹고, 후식으로 떡 먹고, 마늘 된장에 찍어먹고, 막걸리 따라 마시고, 고추를 먹고….
그다음에 나는 우리의 배나무를 보러 갔다.
75번 나무였다. 그래서 나는 사진으로 엄마 나로도 나오고, 아빠 나로도 나오고, 내가 엄마 아빠를 찍고, 했더니 다리가 아파서 차에 들어가 있었다.
아빠는 사진을 찍다 카메라 받침대를 가져오라고 했는데 없었다. 그런데 아빠가 찾았다.
때문에 엄마와 아빠가 싸우게 되었다. 하지만 화해는 해서 좋았다.

2007. 4. 18. 수.

우리 집에는 아주 아주 많은 식물이 있다. 화분밖에 없지만, 그리고 이름 하나 알고 있진 않지만,
그리고 한 번 화분을 보러 주위를 둘러보았더니 어떤 화분은 꽃봉오리가 있었다.
옛날에는 보지도 못했지만 하얀 꽃봉오리였다.
그리고 어찌나 옛날부터 키웠던지, 내가 태어나지도 않았을 때 심은 화분이 우리 집에 있다.
그것은 너무나도 커서 베란다 천장에 닿을랑 말랑 하고 있다.
재미있는 것은 우리 집 베란다 천장이 매우 높다!!!
그리고 어떤 것은 작고 작은 식물도 있는데, 그 작은 식물은 왠지 보기가 좋다.
그런 것 말고도 많은 식물이 베란다에 있다.
동물은 우리가 4가지를 키웠는데, 햄스터는 가지고 놀다 죽고, 새는 가져 다 주고, 금붕어는 장난으로 내가 먹이를 함부로 줘서 죽었고, 거북이는 먹이를 먹지 않아서 배고파 죽고 말았다.
모든 동물은 이해가 가지만, 거북이는 왜 우리가 주는 먹이를 먹지 않았는지 모른다.

2007. 4. 19. 목.

학교에서 준호와 지성이와 나는 학교수업이 끝난 후에 나는 복잡한 코스를 만들었다.
일단 철봉을 지그재그로 간 다음, 늑목을 3번 이상 넘긴 다음, 그네에서 자기 몸을 돌려 혼란스럽게 만들고,
정글짐에서 꼭대기까지 올라갔다 내려간 다음, 또 늑목을 탄 다음에, 경주를 했다.
경주 목표, 즉 골대까지 간 다음 거기서 중앙 계단에 들어갔다 나오고, 다시 중앙 계단을 내려오고, 군대에서 하는 한 장면을 25초 동안 한 다음,
정글짐을 빨간색까지 갔다가 다시 내려오고, 미끄럼틀을 3번 탄 다음에, 작은 나무 타기를 하고,
그다음에 중앙 계단 양옆에 있는 잔디를 뽑고, 풀을 뿌리면서 구름사다리를 통과하고, 그네에서 또 혼란스럽게 만들고,
미끄럼틀을 1번 타고, 아까의 반대편 골대로 가서 앉았다 일어섰다를 35번을 하고, 마지막으로 서로 엄마에게 먼저 가는 사람이 1등이다.
그래서 나는 1등을 했다.
그런데 힘들어서 하늘로 갈 것 같다.

2007. 4. 21. 토.

나는 평범하게 생활을 했기 때문에 어제의 이야기를 쓸 것이다.

준호가 어제 놀러 와서 같이 게임을 하였다.

바나나도 먹고 딸기도 먹었다.

정말 재미있었다. 준호가 간 뒤에는, 나는 공부를 했다. 여러 가지 공부를 하였다. 또한 우리 형과 같이 놀기도 하였다.

금요일의 좋은 점은,

1. 학교에서 심심하지 않으며 시간을 보낸다.

2. 6교시가 아닌 5교시를 한다.

3. 5교시를 하는 것 때문에 준호가 우리 집에 놀러 온다.

4. 금요일은 거의 내가 하고 싶은 대로 해 준다.

5. 다음 날은 학교를 가지 않기 때문에 평소 때보다 조금 늦게 잔다.

때문에 나는 금요일이 제일 좋다.

준호와 같이 했던 게임 종류는 온라인이지만, 중독성은 별로 없는 게임이라서 엄마는 준호와 나를 봐준다.

게다가 이번 25일에는 급식실에 엄마가 나온다!! 그것뿐인가?! 봄 소풍도 간다!

그리고 이번 주는 심심하게 보내지 않아서 정말 마음에 든다.

2007. 4. 26. 목.

오늘 나는 일찍 일어나서 준비를 천천히 하였다.

왜냐하면 7시에 일어났기 때문이다.

그래서 아침밥을 먹고 준비도 했지만 난 여전히 여유로웠다.

그리고 소풍을 갈 때, 나는 멀미가 심하게 났다.

너무 아파서 안전벨트를 풀고 말았다.

드디어 도착을 할 때 멀미는 풀렸지만 다리가 아프고 더워지기 시작하였다. 여기저기 구경도 해 보고 하다가 점심을 먹었다.

다들 도시락은 김밥이었지만 나는 초밥을 싸 왔다.

그래서 맛있게 먹었다.

그 다음에는 올챙이와 개구리를 잡았다. 그다음에 풀어 주고 분수대에서 신나게 놀았다. 분수대는 정말 재미있었다.

물이 약할 때는 마구마구 건너서 쓰레기를 중간 분수에다 두었다. 중간 분수가 나올 때 쓰레기가 멀리 날아가 버렸다.

이제 돌아갈 시간…. 다시 차를 탈 준비를 하였다.

이제 또 차를 타고 있으려니 멀미가… 우 웩!

2007. 4. 28. 토.

오늘도 나는 주말농장을 갔다.

지난 시간에는 씨만 심고 흙을 덮고 물을 주기로 했다.

하지만, 이번에는 모종을 심고, 쓰러지지 않도록 막대기를 끼우고 식물과 같이 묶었다.

알고 보니 지난시간에 심은 씨가 아주 조금 피어(🌱) 있었다. 하지만, 그것도 몇 개 없었고, 너무 작아서 볼 수가 없었다.

일주일간 물을 주지 못하기 때문에, 1번 올 때마다 많이씩 주어야 한다. 그 다음에 이제 집에 갈 것이다. 재미있었지만 더웠다.

2007. 5. 3. 목.

오늘 학교에서 시험을 보았다. 나는 자신이 있었다. 그래서 나는 열심히 시험을 풀었다.
그런데, 나중에 선생님과 같이 풀어보니 실수한 것도 좀 있었던 것 같았다.
이번 시험이 끝나면 시험은 다 끝이 났기 때문에 느낌은 좋았다.
하지만, 나는 지금도 여전히 아주 많이 공부를 해야 한다.
왜냐하면 우리 형은 시험이 끝나지 않아, 형이 공부를 할 때, 내가 놀며 방해를 하면 안 되기 때문에, 형이 공부를 하는 시간 때면, 나도 공부를 해야 해서, 느낌은 조금밖에 좋지 않다.

2007. 6. 16. 토.

내가 아침에 일어났을 때, 문을 열고 가려고 했다.
하지만 그쪽에 있는 문은 텁텁해서 내 힘으로는 열지 못했다.
하지만 (작은)형이 열어서 가게 되었고, 아침밥은 식빵으로 먹었으며, 다음부턴 공부를 시작했다. 좀 힘들어도 자꾸자꾸 하라고 하니까. ☹ !!
그래도 단어를 외우거나 독후를 쓰는 것은 그다지 힘들진 않았다.
이번 책은 레벨이 3이라서 나한테는 조금 더 힘들었다.
다음에는 공부를 꽤나 많이 했다고 아빠가 쉬는 시간을 많이 주었다.

갑자기 (큰)형이 오면서 친구를 데리고 왔다.

나는 형들이 노는 것을 구경하였다.

심심해서 나와 엉뚱한 생각을 하고 있다 보니, 시간이 가면서 이번에 또 (큰)형이 친구를 데리고 왔다. 그래서 우리 집에는 총 12명이 대기하고 있었던 것이다.

나는 여 전 이 할 짓이 없어서 아빠한테 가서 잠이나 조금 잤다.

일어나 보니 저녁이었다.

엄마는 모임에 나가시고 아빠, 나 그리고 작은형은 돈가스를 저녁으로 먹을 수 있었다.

오늘은 맛있는 것을 많이 먹었다. 아침은 식빵, 점심은 라면, 저녁은 돈가스.

이제는 8시가 거의 되었다. 나는 어딜 갈지 잘 안다. 운동이다.

항상 아빠와 시간이 남을 때(평일이든 주말이든)는 언제나 운동을 갔었기 때문이다.

거기서 철봉도 하고, 초등학교에 가서 정글짐도 하고, 키보드도 탔다.

(특히 오늘은 키보드 많이 탔다. ☺)

막상 운동에 가보면 별로 재미있지 않는다.

그래서 시간만 가다가다 집으로 왔을 때 아빠가 놀게 해 주었다.

오늘은 참 재미있는 하루였다.

또한 재미있는 활동도 많이 하였다. 맛있는 것도 많이 먹었다.

오늘따라 왜 이렇게 특별한 날 같은지는 모르겠다.

만약에 내일이 오늘보다 더 재미있다면 나는 빨리 내일이 되었으면 정말 좋겠다.

2007. 7. 7. 토.

오늘은 휴일이다. 형들은 교회에 가고 나는 누워서 조금 휴식을 취하고 있다. 오늘의 일기는 토요일에서 어떻게, 언제, 누구와 공부나, 휴식을 보냈는지에 관해서다.
먼저, 공부에 대해서는 한글과 영어 독후 일기를 썼다.
나는 독후감을 참 싶게 쓸 수 있었다.
내가 수련회에서 돌아올 때, 나는 버스 안에서 독후감 내용과 느낀 점을 요약해 놓았다.
그 밖에도 인터넷 학습도 하고, 시험기간이라 L.A를 풀곤 했다.
공부는 언제 했느냐면, 한/영 독후감을 쓸 때의 시각은 거의 11:35분쯤이었다.
인터넷 학습은 1시에서 대략 1시간, 4~5시 사이쯤에 1시간 정도 하였다. L.A 푸는 것은 2:50분쯤이었다.
공부는 누구와 했느냐면, 독후는 내가 직접 요약해서 쓰고, 인터넷 학습, L.A 모두 엄마 아빠 도움 없이 내가 혼자 전부 다 했다.
형들이 교회에서 집으로 돌아오고, 나는 이 때도 누워서 조금 쉬고 있다. 나는 이제 휴식을 누구와, 어떻게, 언제 했는지에 관해 쓸 것이다.
먼저 누구와? 나 혼자 쉬거나 놀거나, 형과 게임을 하거나, 아빠에 눕기도, 엄마에 눕기도 하였다. 다음 어떻게?
처음으로 놀 때는 그냥 뒹굴며 쉬었다.
다음으로는 엄마 아빠 품에 들어가 앉곤 하고, 그다음은 침대에서 혼자 자유시간을 갖게 되었다.

마지막으로, 언제 놀았나? 오늘은 3번을 쉬었다.

첫 번째는 12:00였을 것이고, 두 번째는 2:00~2:50까지 했을 것이다.

마지막으로 쉬었을 때, 그 시간은 6시부터 놀거나 쉬거나 인터넷 학습을 하거나, 무엇을 해도 괜찮았다. 오늘이 휴일이라서 참 좋다.

내일도 휴일이기 때문에. 내일 일요일이 오늘 토요일보다 더 재미가 있었으면 좋겠다.

2007. 8. 7. 화.

오늘 오후에는 아빠랑 운동을 하러 갔다.

처음에는 아빠와 누가 줄넘기를 더 많이 하나로 내기를 했다.

이건 내가 이겼다. 난 61개를 했지만, 아빠는 35개를 했다.

그다음에는 정글짐을 했는데, 누가 하얀 줄에 먼저 도달하느냐로 내기를 했다.

올라가는 것은 아빠가 1초 더 빨랐고, 내려오는 것도 아빠가 더 빨랐다.

다음으로는 반복 달리기를 했다.

규칙은 누가 더 빠르게 움직이느냐이다. 나무와 미끄럼틀 사이에서 왕복을 더 빠르게 하는 쪽이 이기는 것이었다.

반복 달리기를 한 후에, 너무 목말라서 우리는 집에 가기로 했다.

집에 와서 물을 마시고 싶은 만큼 마셨다.

운동하고 나서 먹는 저녁은 정말 맛있었다.

그리고 나서 이를 닦고 자러 갔다.

2007. 9. 6. 목.

오늘 비가 어찌 많이 왔는지, 우리 운동장이 흙탕이 되고,
비가 어찌 많이 왔는지, 운동장 구석지에 작은 호수가 생겨나고,
또 어찌나 비가 많이 왔는지, 중학교 운동장이 중학생의 무릎까지 올라온 웅덩이가 있어, 대리석 쪽으로 갔다고 하고,
또한 어찌나 비가 많이 왔는지, 번갯불이 번쩍하고,
1초 좀 안 되게 깜짝 놀라게 집이 떠나갈 만한 천둥이 쳐서, 간이 떨어지고 고막이 터질 뻔했다.

2007. 10. 15. 월.

오늘 난 최악의 고통을 겪었다. 죽을 수도 있었다.
하지만, 물 덕분에 살았다. 오늘 저녁부터 이야기가 시작된다.
시리얼을 먹기로 했는데, 놀고 싶어서 빨리 먹었다.
그러나… 위험한 상황!
시리얼이 내 목에 걸렸다. 삼키려고 했지만 소용이 없었다.
엄마한테 물을 달라고 했지만 목소리도 잘 안 나왔다. 난 정말 무서웠고 아팠다. 생이 끝나는 것이 아닌가 생각했다.
하지만, 엄마가 물을 가지러 갔을 때, 난 너무 긴장해서 방에서 뛰쳐나갔다! 결국, 부엌으로 달려가 2초 만에 물을 마셨다.
시리얼은 내려갔고 난 살았다. 이제부터, 절대로 빨리 먹지 말아야겠다.

2007. 10. 23. 화.

성경시간에, 난 성경을 잃어버렸다. 그래서 필통밖에 없었다. 성경시간은 재미가 없었다. 왜냐하면 첫째, 책이 없었기 때문이다.
그리고 두 번째, 성경은 계속 듣기만 해야 한다.
그래서 친구와 딴 짓을 했다. 그리고 2교시는 음악시간이었다.
음악시간은 내가 재밌어 하는 유일한 시간이다.
레슨을 떨어져서 난 지금 2번째로 느린 진도를 나가고 있다. 음악시간에 놀아야 하는데, 레슨을 받거나 충분히 연습을 한 뒤에 놀았다. 3교시는 LA시간이었다. 자리에 앉아서, 단어의 뜻을 말하고, 선생님의 말씀을 듣는다. 문제를 풀 때 시간은 정말 빠르다. 종이 울렸다.
다음! 4교시 컴퓨터. 보통 컴퓨터시간에는, 우리는 타자 연습이나, 하고 싶은 게임을 한다. 하지만 오늘 선생님은 학교 홈페이지에 들어가라고 하셨다. 그리고 클럽에 가입하라고 하셨다.
오늘은 게임을 하지 못하고 그냥 사진만 봤다. 종이 울렸다! 기도시간.
밥 먹으러 갈 시간이다.
5교시에는, 과학시간이 시작됐다!
난 커서 과학자가 될 거라서 가장 좋아하는 과목이기도 하다.
처음에는 과학이 정말 싫었는데, 귀를 조금씩 조금씩 기울이다 보니 결국 가장 좋아하는 과목이 되었다.
6교시, 준비, 출발! 글쓰기, 아니면 읽기라고 해야 하나?
아무튼 한국어는 재미있다. 시간이 빠르게 지나갔다.
40분이 20분처럼 느껴질 때가 있다.

가끔은 한국어 시간이 1시간 같기도 하다.
다음! 7교시. 7교시가 추가되니까 힘들었다. 책을 또 까먹었다! 7교시는 시간표에 안 적혀 있어서, 집에서 헷갈렸나 보다.
보통 Child-□를 3시간 동안 하는데, 5시간이 되었다. 8시까지 자유시간을 가지고, 9시까지 다시 공부를 한다.
9시부터는 다시 자유가 된다. 하지만 Child-□가 1시간 반이 되어서, Child-□를 4시 반까지 한다.
그리고 영어 단어를 외우고 자유 시간이 줄었다.
이제 자유는 5시부터 7시 반이다. 7시 반부터 9시까지 공부를 한다. 시험 때문에 이렇게 된 것이다! 난 시험이 너무 싫다. 이제 자러 가야겠다. 하루 끝.

2007. 10. 25. 목.

<가을>
가을! 선선한 가을
쌀쌀한 바람에 달려오는 낙엽이
나의 눈앞을 스쳐 간다.
가을의 기운을 느끼며
공원 한가운데에 서 있는 나
차가운 바람이 솔솔 풍겨 올 때마다
더 쓸쓸해지고 쓸쓸해진다.

2007. 10. 30. 화.

내일은 10월의 마지막 날이다. 곧 겨울이 온다.

나는 눈 때문에 겨울을 좋아한다.

하지만 눈이 많이 오지는 않는다.

왜냐하면 차의 엔진과 기름이 공기를 더럽히고,

그게 하늘을 더럽게 만들어서, 더러운 비가 내리면 빙하가 녹고,

물이 많이 생겨서, 많이 많이 생겨서, 홍수를 일으키기 때문이다.

한국은 모두 물에 잠길 수도 있다.

그래서 난 사람들이 차를 조금만 탔으면 좋겠다.

확실히 빠르고 좋지만, 동물과 환경에 고통을 준다.

적어도, 사람들이 기계를 적당히 썼으면 좋겠다.

최고 1 공장들 〉 기름 유출 〉 자동차 〉 물 오염 〉 공기 오염 〉 마지막 대지 오염.

그리고 이것의 가장 심각한 문제는, 온도가 5도가 올라가면 한국은 모조리 물에 잠긴다는 것이다.

해결책은 사람들이 자연적인 것들을 이용하는 것이다.

제발!

2007. 11. 8. 목.

감기, 감기, 귀찮고 짜증나는 감기.
종류도 다양, 느낌도 다양, 난 기침감기. 말만 하려면 콜록, 가만히 앉아 있어도 콜록, 먼지 마시면 콜록콜록, 흙장난 하면 콜록콜록콜록,
찬 공기 마시면 콜록콜록콜록콜록,
심하면 쉴 새 없이 콜록콜록콜록콜록콜록 ….
열 감기는 현기증이 심하게 밀려온다.
소파에 누워서 수건으로 심심하게 열이나 낮히는….
마스크 안 쓰고 학교 갔다 와서 열 재면 열 심해서 기절한다.
콧물감기는 아프지는 않고 징하다. 가만히 있자니 콧물이 질질질….
움직이자니 귀찮고, 콧물 안 나오나 싶더니 코가 막혔네. 코를 풀어도 풀어도….
그런데 세수하면 뺑! 뺑! 뺑!
목감기는 침만 삼켜도 목에 자극이 히~끗 오네. 목이 너무 아프네.
성대가 깨질 것 같네. 무서워서 침을 못 삼키겠네.
그런데 입에 침이 고여 가네. 아까 매운 것 먹어서 더 고이네. 화장실 가려면 귀찮네.
이 징한 감기들 균, 균, 균!
그것은 어디에 있든 징~한 병이 되네, 징~한 병!

2007. 11. 20. 화.

오늘 학교에서 안 좋은 일이 있었다.
그래서 나는 내일 친구를 한 명 잃는다.
나쁜 소식은 선생님이 가장 친한 친구와 놀지 못하게 한 것이다.
다른 친구도 있지만, 그 친구가 내 인생에서 가장 친한 친구였다.
나는 너무 운이 없는 것 같다. 나는 5살이었을 때 또 다른 친구를 잃은 적이 있다. 그는 다른 집으로 이사를 갔다.
지금은 뭘 하는지 궁금하다. 다시 친구로 지내고 싶다.
그리고 또, 초등학교 1학년이었을 때, 항상 같이 놀던 친구가 있었다.
그러나! 어느 날, 나는 충격적인 말을 엄마에게서 들었는데, “제연이를 삼육초로 보낼 거야.”라는 말이다.
때문에 난 친구 2명을 또 잃었다. 이제, 난 다시는 친구를 잃지 않겠다고 다짐했다. 절대로!

2007. 11. 21. 수.

**나의 장점 소개하기**

나는 모든 과목이 어떤 것보다 더 높거나 낮지 않고 평등한 것 같다.
이게 뒤처지거나 저게 더 잘하거나가 있더라도, 그렇게 크게 차이는 나지 않는다.
자신감도 조금씩 조금씩 올리고 있기도 하다.
영어는 내가 Child-□로 이야기를 소리 내서 읽고, 발음도 맞도록 한다.
수학은 내가 좀 꼭 잘하고 좋아하는 건 아니지만, 보통에서 너무 떨어지진 않는다.
국어는 내가 좀 높다. 읽기, 쓰기, 말하기, 듣기 중에서 쓰기는 좀 떨어지고, 읽기는 좀 향상했다.
그리고 과학. 과학은 내가 보통으로 좋아하지만, 역시 보통으로 잘한다.
내용을 짧게 하면, 난 나의 과목이 모두 다 거의 똑같다.
내 모든 과목이 거의 평등하다

2007. 11. 22. 목.

오늘 내가 쉬는 시간이었을 때, (집)나는 공부를 조금 더 하게 되었다.
쉬는 시간을 공부로 좀 채웠지만 기분이 좋다.
이런 기분을 잘 알게 되려면 정직해야겠다.
공부를 조금 더 한 후엔 난 자유를 갖을 수 있었다.

학원이나 특기적성을 다녀 볼 생각은 있는데, 엄마 아빠가 자꾸 집에서 차라리 공부를 많이 하라고 한다.
내가 왜 엄마 아빠가 어디가자 할 때, 싫어하는 이유가 그것이다.
방과 후 바로 집으로 보내버리고, 시간이 넘쳐도 집으로 곧장 들어가니 집에만 적응이 된 것이다.
엄마 아빠는 그것도 모르고 내가 안 간다 하면 화만 내시다니!

2007. 12. 20. 금.

내가 집에 있는 책을 하나 읽었다.
'돌을 찾아서'라는 책이었는데, 거기에서 나는 돌을 자세히 알 수 있었다. 돌의 굳기, 순서도 알게 되었다.
돌의 모스굳기계는… 활석>석고>방해석>형석>인회석>정장석>석영>황석>광석>마지막으로 다이아몬드.
사람들에게 무엇을 갖고 싶느냐 하면 당연히 그것을 선택하겠다.
그런데… 나는 인회석이 나을 듯하다.
다이아몬드는 너무 비싸게 팔아야 파는 사람이 이득이겠지만, 부자들만 살 수 있는 터라.
또 다이아몬드는 단단하기만 하고 투명하기만 해서 별로 멋있지도 않다.
그런데 인회석은 딱 중간이라(모스굳기계) 잘 팔릴 것 같고….
또 그 색깔이 너무나도 멋져서 장식에도 나을 듯 하다.

## 3학년

2008. 5. 13. 화.

오늘 드디어 친구를 다시 만나게 되었다. 나는 오자마자 선현이에게 달려들었다.
그러고는 내가 방학동안에, 토요일 10일 날, 만나기로 약속해서 2시간 동안 놀았다고 말하자, 선현이가 그제서야 이해를 하였다.
그때 달리기도 했고, 개미 쉐이크도 만들어 보고, 하자 선현이가 개미 쉐이크를 어떻게 만들었는지 까먹었다고 했다.
먼저 컵에다가 물을 반 채우고, 모래 약간 넣고, 마른풀 약간 넣고, 꽃 하나 넣고, 열매하나 넣고, 개미 3마리 넣고, 콩 벌레도 1마리 넣고, 민들레씨 불어 넣고, 휘저은 다음 불투명해 안을 못 보는 알루미늄 캔에 그걸 옮기면 끝.
정수대에 올려놓고 꽃이나 열매를 알루미늄 캔에 올려놓아 마무리하면 된다. 맛있겠다.
어떤 운동에 지친사람이, 그것을, 착한 사람이 남을 위해 올려 놓았겠다하며, 그냥 벌컥벌컥 들이킬까. 그런 사람은 오래오래 건강하게 잘 살 것 같다.
선현이가 구역질을 하였다. 그러면서 그런 끔찍한 소리 하지 말라며 나한테 달려왔다. 나는 도망갔다.

2008. 5. 15. 목.

선현이는 나의 언제나 친한 친구로서 생각해 보니 성격도 비슷하다.
거짓말을 안 하고 조금 소심하며, 순하다.
또한 선현이와 나는 마음이 잘 약해져, 친구가 애원하면 꼭 해 주게 된다.
이런 비슷한 성격은 무엇이 좋은지 모르겠다.
또한 친구를 웬만해선 잘 사귀진 못한다.
선현이나 나 같은 성격은, 특징이 경계심이 높아 말을 걸거나 참견하지 않는다.
나현이나 준호는 성격이 자신감 있고, 경계심이 비교적 낮아서 아는 형도 꽤 많다.
나도 아는 형, 누나들 있긴 해도 적다. 선현이는 아예 없다.
그리고 지연이, 인제, 태준이는 긍정적인 생활을 하는 것 같다.
또 나와 선현이는 활발하고 인내심은 많다.
나와 선현이는 다른 애들이 좀이 쑤셔 가만히 있지 못할 때, 다 참고 앉아있을 것이다.
내 생각엔, 나와 선현이의 성격은 활발하고, 좀 소심하고, 인내심이 많고, 순하고, 거짓말을 하지 않는 것 같다.

2008. 5. 20. 화.

오늘부터 엄마가 한국어 日記를 漢字로 쓰라고 했다.
그래서 漢字로 쓰는 중이다.
오늘은 별 特別한 일은 없어도 漢字로 쓰는 중이라 좀 시간이 걸린다.
오늘 난 아빠와 같이 運動을 갔다.
거기서, 아빠와 운동장에서 재미있게 運動하였다.
運動에서 돌아온 뒤로 방에 가서 할 일을 하였다.
오늘은 재미있는 날이었다.
내일도 오늘처럼 재미있는 날 일 것이라면 나의 운을 事思必敬할 것이다.

2008. 5. 29. 목.

오늘은 나의 父母가 學校에서 册을 빌려 오라고 했다. 二권을 빌렸는데, 一권은 재밌고 一권은 별로였다.
어제까지 항상 밖에 나가서 運動을 하는데, 내가 아파서 가지 못했다.
머리가 아파 오는 게 初期였다.
다음부터 기침이 나오고 빈둥빈둥 弱해져 있다가 코까지 막히기 시작했다. 큰일이 일어나기 시작한 것 같았다. 이 집에 온 後부터는 恒常 아팠다.
어쩔 수 없지만 웬만해선 아프지 말아야겠다.

2008. 8. 7. 목.

오늘도 방학숙제를 하였다.
오늘은 특별히 한꺼번에 했다.
그림도 그리고, 편지도 썼다.
또, 독서록 남은 2칸도 다 채웠다.
이제 숙제도 얼마 남지 않았다는 것을 생각하니 기분이 좋다.
그러나 3개월을 눈 하나로 살아가야 한다는 시련까지 거쳐야지만,
내가 더욱 기분이 좋아질 것이다.
아직 1개월 치도 안 되고, 3주일도 아니요, 2주일도 아니요, 딱 1주일이요.
아직 갈 길이 멀었다.
시작점에서 한걸음 걸은 것이다.
끝은 너무 멀어서 보이지도 않고 심지어 2개월 치 절반 길도 멀어, 보이지 않는다.
한걸음, 한걸음, 나아가나 끝은 여전히 보이지 않고,
이 시련은 이겨 내 가며 살고는 있지만, 엎친데 덮친 격으로 안대를 떼고 나서 안경을 써야한다.

2008. 8. 12. 화.

방학동안에는 친구를 만날 수 없다.
그 대신 애완동물은 살 수 있다.
거북이 2마리를 사다가 키우고 있다.
한 마리는 먹성 좋아, 2개의 먹이를 먹고 나서,
다른 거북이 것까지 뺏어 먹으려고 하는데, 한 마리는 반대로 먹지 않는다.
때문에 먹성 좋은 거북이가 항상 뺏어 먹는다.
지금 밥 안 먹은 지 3~4일째 됐는데, 뭐가 잘못됐는지 모르겠다.
이러다 배고파 죽게 생겼다.
사람이 오면 먹성 좋은 놈은 막 오는 반면,
배고픈 거북이는 돌을 파헤쳐 내면서까지 숨으려고 안달이 난다.
거북이를 잡으면 물갈퀴로 내손을 밀어내서 집을 수가 없다.
어찌나 그 힘이 세던지, 내가 잡다 자주 떨어뜨린다.
그래도 거북이는 항상 괜찮았다.
그런데 요즘 먹성 좋은 거북이도 뭔가 이상이 있다. 입에서 안 나오던 거품이 막 나온다.
좋은 것 같진 않은데, 내 가정으로는 다른 거북이 먹이까지 뺏어 먹어서, 2개먹어야 될 것을 4개먹어서 인 것 같다.
배불러 죽고, 배고파 죽고.

2008. 8. 14. 목.

나는 애완동물 고르러 갔을 때, 뭔가 많은 고민이 있었다.
제일 먼저 물고기, 광대물고기가 괜찮긴 했는데 결국엔 물고기여서 포기했다.
또한 키우기도 힘든데다가 한 마리당 10,000원이다.
그리고 햄스터와 토끼를 보았다.
햄스터도 좋았지만 냄새난다고, 시끄럽다고, 집까지 사면 비싸다고, 뒤처리가 심히 귀찮다고 관뒀다.
토끼는 몸값이 비싸고 냄새난다고 관뒀다.
다음은 거북이, 그러나 좀 더 생각해 보기로 했다.
다음은 고슴도치, 꽤나 키우는 사람이 적어 좋았다.
냄새도, 소리도, 가시도 걱정 안 해도 된다.
한 달 동안 보살펴주면 주인을 알아본다며 가시를 세우지 않는다고 했다.
그런데 십이만 원이라는 너무 비싼 돈이라 (부자도 아니고) 관뒀다.
사슴벌레? 곤충이라며 관뒀다.
이구아나? 너무 심심해서 관뒀다.
계속 나뭇가지에 올라가 머리만 위로 내밀고 항상 그 자세를 유지한다.
그래서 거북이 2마리로 하고 집으로 왔다.

2008. 8. 26. 화.

현장학습 보고서를 방학숙제로 하려고 했는데, 어디를 갈까 하면서 고민만 했다. 경기장은 특별한 경기를 하지 않았다.
시골에서 벌초? 위험한 것이라 할 수 있다.
낚시는? 낚싯대가 너무 크고 무겁고 아빠도 미끼를 제대로 못 던졌다.
갯벌은? 난 매우 위험한 경험이 있다.
갯벌의 게 잡으러 나도 모르게 엄청 멀리 갔다가, 움직여지지 않더니 갯벌에 신발이 붙었다.
발목쯤 왔을 때 완전 움직일 수 없었다.
거의 정강이를 거쳐 허벅지로 올라오는데, 엄마 아빠는 점만큼 작다.
이때, 아빠가 내가 갯벌에 빠진 걸 봤는지 달려오기 시작했다.
허벅지도 거의 빠졌는데, 아빠는 이때 좀 길쭉한 점이었다.
허리까지 올라왔는 걸 내가 봤을 때, 난 당황했다.
아빠는 거의 다 왔다. 거의 목까지 왔다면 날 못 꺼냈을 것이다.
허리 하고도 약간 올라왔기 때문에 날 힘겹게 3~4차 시도로 꺼냈다.
결국엔 ○○대학교 중앙도서관이 대상으로 변하고 말았다.

2008. 9. 29. 월.

**내 10년 후의 모습**

나는 가끔씩 이런 생각을 해 보았다.

"내가 자라면 어디에 있고, 무엇을 하고, 누가 돼 있을까?"

나는 서울대에서 의학을 공부하고 의사가 돼 있을 것이다.

왜냐하면 난 의학에 관심이 있고, 또 Writing 시간에 배웠던 Albert Schweitzer가 그랬듯이 공짜로 약을 짓고, 공짜로 치료를 하고 나면 정말 기분이 좋을 것 같아서이다.

당연히 따로 직장은 구하고….

어쨌든 의사가 되려면 밤늦게까지 연구하고, 알아내야 하고, 자격을 얻으려면 학사를 넘어, 석사까지 넘어, 박사까지 올라가야 한다는 것이다. 내가 아무리 위로 봐도 '박사'가 새겨진 산 정상은 망원경으로도 안 보인다.

그래도! 난 이 모든 것을 다 각오하고 있기 때문에 내 장래 희망은 바꾸지 않을 것이다.

2008. 10. 17. 금.

## 현장학습을 다녀와서

내가 현장학습을 시청으로 가서 체험할 줄은 몰랐는데,
아침에는 지진체험, 풍수해체험을 보니 긴장되었다.
그것만 보였다, 사실은.
그런데 아빠가 그랬듯이, 전에는 무서워도 후에는 재밌다 고 한다.
정말이었다. 풍수해는 바람이 센지도 모르겠었다.
암벽등반, 흔들다리, 천 미끄럼틀은 꼭 놀이기구 같았고,
연기 나는 미로는 좀 냄새나고, 앞이 잘 안 보일 뿐이지 꼭 찜질방 같았다.
그리고 난 생각했다. '정말로 이런 약하디 약한 체험으로, 2~3배는 더 하는 실제상황을 견뎌내는 데 도움이 될까?'라고.
그리고 또, '내 생각일 뿐이지만, 조심하면 이런 게 발생도 안 하고,
이런 체험도 필요 없는 것은 아닌지?
누구나 이런 일을 겪게 되면 좋아하지는 않을 테니까.' 내 생각이지만 (진짜는 아니고)….

2008. 10. 19. 일

오늘 정오쯤에 엄마한테 들었다. 가뭄이 내년 봄까지 계속 된다래니, 물을 아껴 써야지. 생각해 보니 정말로 요즈음에 비가 오지 않았다.
나는 뉴스시간이 공부시간이니 못 들은 것이었다. 정말 여러 가지가 몰려온다.
그걸 생각하니 약간 걱정도 되는데…. 그래도 엄마와 아빠는 대비라도 해 놨다는 듯이 태평하다. '물을 저축한다 해도, 남이 물을 너무 낭비하면 소용없는 짓이다. 오히려 우리만 물 못써 손해일 뿐이다.'
이런 생각이 굴러 들어오면 또 걱정스럽다.
반면 '누구나 힘든 가뭄을 겪으면, 좋아하지 않을 테니까 다 물을 절약하겠지, 뭐,'라는 생각이 또 굴러 들어오면 마음이 또 편해지고, 그 뒤 '아니야, 어떤 이기적인 사람이 자기 좋으려고 물을 막 쓸수 있어' 하면 불안해지고,
또 '이기적이게 물을 막 쓰다가, 옆집이나 앞집, 위층이나 아래층 사람들한테, 욕을 먹을 테니까 정신이 확! 들어, 물을 절약할 거야' 하면 편안해지고,
또 불안 또 편안 불안 편한 불안 편안….
항상 난 어떤 문제가 (이렇게) 생기면 이런 패턴으로 가다가 생각도 지쳐서 그만둔다.
어리석은지, 현명한 건지… 나도 모름(이 짓이).

2008. 10. 24. 금.

오늘은 특별한 일이 없어 내가 상상을 해 본다.

사회에서처럼 나중에 어떤 교통수단이 나올지를 상상해 보는 것이다.

도로에서는, 하늘을 나는 자동차나 전기자동차가, 현재의 가솔린자동차의 개수만큼 될 것이다. 철로 위에서는, 고속열차보다 더 빠르면서, 자기부상을 하는 기차도 이미 있지만, 더 많이 사용되고, 땅속으로 갈 수 있다는 기차가 나올 수도 있겠다.

해상에서는, 전기를 이용한 크고 빠른 배나, 개인으로 바닷 속을 보는 개인용 잠수함 등이 나오고, 항공에서는 투명한 비행기나, 묘기 하는데 아주 좋아, 연극이나 방송에 묘기를 하며 나오는 비행기도 나올 것.

2008. 11. 7. 금.

다음 주에는 영어 중간고사가 월요일 화요일 금요일에 있을 텐데, 난 어떤 문제가 나올지를 모르니까 큰 자신은 없는데, LA와 SCIENCE는 Math보다 자신이 있다.
Math는 수학이고 LA와 SCIENCE는 별도니까,
Math는 +1 아니면 -1 해서 √ 되는데,
1부터 100000000000…. 끝이 없는 수까지 중에서 찍을 수도 없다.
LA도 SCIENCE보단 덜 자신 있다.
LA는 이야기 쓰기라 스펠링 하나, 문법 하나, 표기법 하나, 단어 하나 때문에 99, 97, 81, 57, 32, 16, 0이 되는 수가 있다.
SCIENCE는 대체로 고르거나, T/F이기 때문에 단어와 쓰기만 틀려도 60~70점쯤은 간다.
땀이 뻘뻘 흘러나온다. 한국 중간고사가 올백 안 되면, 영어 중간고사만이라도 올백을 하고 싶었다.
100⇒보기, 나한텐 실수 때문에 △나 X인데, 원래 우뇌 아이가 그렇다고 했다.
오른손잡이는(연필, 숟가락, 젓가락 등) 다 좌뇌 아이. 우뇌는 좌를, 좌뇌는 우를 맡는다고 하는데….

2008. 11. 9. 일

오늘 10시에 출발하여 결혼식장에 갔다.

내 고모의 딸이 결혼한다고, 아빠가 와 보라고 하기에 한번 보았는데, 간단하고도 이상한 느낌이 들었다. 이상한 일을 이것저것 시험하려고 시켰다.

그래도 그건 괜찮았는데, 친척을 만나면 항상 받는 게 무엇인가?

돈, 게다가 온 친척끼리 만나니 왕창 받을게 아닌가? 예상은 정확했다.

서울 큰아빠한테 2만원, 일로 큰엄마한테 또 2만원, 고모한테 3만원, 그리고 고모부한테 만원을 받아 8만원을 갖고 왔다.

7만원은 저금하고 1만원은 지갑에 넣어 놨다. 현재 난 지갑 안에 13,000원이 있는 걸 안다. 나만 아는 곳에 숨겨 놓았다.

또 친척들을 만나면 항상 하는 말씀이 무엇인가?

"많이 컸네."

큰고모부와 큰엄마, 큰아빠, 서울 큰아빠, 둘째 고모, 둘째 고모부, 셋째 고모, 셋째 고모부가 거의 한 번씩 이 말을 하셨으니 난 거의 그 말을 8번 들은 것....

2008. 11. 30. 일

잠을 잘 시간이 되면 난 가끔 이런 적이 있다.
잠을 자려는데 덥고 잠이 오지 않았다. 잠시 앉았다 다시 자 보려고 해도, 심지어 거실 안을 떠돌아 다녀서 피곤하게 만들었다.
그래도 잠이 안 오는데 12시가 넘어서 마지막으로 시도를 했는데, 잠이 와서 잠을 잘 수 있었다…
쿵~ 소리에 깼다. '한 시간이나 됐겠지.' 하며 다시 잠을 자려는데 이상하게 안 온다. 아무리 시도해도….
그래서 시계를 보니 앗! 시간은 (5:??) 다섯 시가 되어 있었다.
흐름이 5배쯤 더 빨리 가고 있었다는 것이다.
또 내가 중간에 깼을 때 1시간을 잤겠다고 생각하며 자려고 해도 실제론 5시, 즉 충분히 자서 잠이 오지 않았던 것이다.

2008. 12. 1. 월.

"아니, 이게 뭐야? 작년에도 그러고 올해도 왜 이러는 거야? 한 날만 눈 오고, 나머지는 아예 안 와! 눈이 안 오고도 겨울이야? 12월 맞나?"
난 정말 작년에 눈이 안 와서 실망했다. 올해는 기대 했는데 한 날만 좀 오다 말았다. 2003년도에는 눈이 정말 많이 내렸다고 아빠가 그러기도 했는데, 정말 지구 온난화 때문일까?
정말 불안하다. 극지방에 빙하가 더 녹으면 홍수가 날 수도 있다는

데…. 고 1인 내 형이 말하는데 5도쯤만(평균적으로) 올라가면 우리나라가 큰 홍수에 잠긴다고….
또 아빠가 말했다. “눈이 많이 오는 해도 있고 그렇지 않은 해도 있다.”
작년·올해에 눈은 꿈도 꾸지 말고 내년이라도 눈이 많이 많이 쌓이는, ‘눈이 많이 오는 해’가 되기를 기원하며….

2008. 12. 11. 목.

**친구와 친해지는 방법**

친구와 친해지려면, 일단 처음엔 잘해주고 서로서로 좋게 대해 줌으로써, 작은 인연을 맺고, 서로 관심을 자주 갖게 될 즈음에 서로 사 주기도 하고, 웃기거나 놀면서 점점 더 가까운 관계로 만들어, 더 자주 놀고, 사 주고, 웃겨주는 등을 더 한다.
만약 서로 마음이 맞지 않거나, 싸웠다면 강하게 대해야 한다.
가면서 공격을 하거나, 놀지 않는다는 말을 하면 상관없다는 듯이 대하고, 계속 서로 그러다 ‘나에게 관심이 이제 없나 봐’ 하며 먼저 약해지면, 그쪽이 지는 거고, 완전히 끊거나 다시 친해지기도 한다.
그러니까 정리하면, 친구가 아니면 “놀자”와 “친구가 되자”라는 말 등으로 잘해 주고, 친해지면 서로 친절을 베푼다.
그런 다음 어찌하다 싸움이 나면 강하게 행동을 하고, 다른 친구와 편히 놀아야 승자가 될 수 있다.
그래서 웬만하면 많은 친구가 필요하단 것이다.

2008. 12. 29. 월.

요즘 난 상당히 바쁘다. 시간표가 거의 다 공부 시간으로 차 있기 때문이다. 하루를 24시간으로 보면, 그중 9시간이 취침시간, 8시간이 공부시간, 쉬는 시간은 7시간이다.

9시~12시까지, (오후) 2시~4시까지, 또 8시~10시까지는 연속 공부라 더 힘들다. 엎친 격으로 생활계획표, 덮친 격으로 3개 국어공부, 엎친 데 덮친 격으로 방학숙제…. 그래서 요즘 난 상당히 바쁘다.

주말 토요일에는 일주일간 치를 다 복습하고, 일요일은 방학숙제 같은 것을 한다. 평일은 바빠도 난 주말에는 그나마 살 것 같다.

방학 전에는 4시간이 공부시간이었고, 주말에 더 열심히 했는데, 이제 2배인 8시간이 평일 공부시간, 그리고 주말에는 덜 한다. 하지만 사실 지금이(평일과 주말의 총합) 더 바쁘다. 왜냐하면 평일은 2배인데 주말은 한 1~2시간 줄었기 때문이다. 당연히, 그럼 주말이 더 좋아지겠지.

2008. 12. 31. 수.

언제 한번 큰일 난 적이 있었다. 이것도 예전에 일인데, 5년 전쯤 ○○ 백화점에 엄마가 가고 있었다. 거기엔 육교를 건너야 하고 횡단보도를 건너야 했는데, 형이 빨간 신호등, 쌩 달려가 먼저 백화점에 들어갔다. 그때 난 철이 없었기에, 형은 살펴보고 달렸는데 난 그때 그렇게 하지 않아, 똑같이 해 보려고 달려가다 차에 약간 치었다.

솔직히, 다행히도 그냥 접촉만 약간 했다.

나는 그냥 충격에 넘어졌기만 했고 다치지는 않았다.

철없었던 난 엄마한테 좀 꾸지람 듣고 들어갔다.

주위의 몇몇 사람들이 나를 보며 귓속말을 서로서로 주고받고 있었다.

2009. 1. 9. 금.

어떤 때는 내가 만약 어떤 '특별하고 예상치 못한 것' 같은 것에 대해 생각해 보곤 한다. 언제 심심한 때가 너무 많아서이다.

그럴 때는 책을 보든지 그림을 그리든지 시간을 보냈는데, 아빠와 심심할 때 만들어 보기도 한다. 언제는, 밑변 부분이 없는 옷걸이에 두꺼운 고무줄을 잇고, 테이프로 고정시켜 활을 만들고, 종이를 접고 접고 접고… 해서 길게 하고, 화살이 고무줄을 물도록 고무줄을 꼬고, 종이를 안쪽으로 접었다. 그러곤 화살에 테이프를 감쌌다.

볼펜이나 컴퓨터용 사인펜 뚜껑을, 종이 안쪽으로 접지 않은 그 반대 부분에 끼워서 화살촉을 만들었다(과녁도 컴퍼스로 만들 수도 있다).

꼭 재미로 하는 게 아니었다. 활약을 한 적도 있었다.

웬 나방이 얼굴 주위를 맴돌고, 웽웽~ 느낌 나는 것이 짜증나서, 일어나 피곤한 채로 불을 켜고, 재빨리 벽에 내려앉는 것을 봤다.

활로 나방을 겨냥해서… 쐈는데, 좀 맞았는지 불안불안 하게 도망가다 사라졌다. 그때 당시에는 방이었기 때문에 긴 막대기도 없었고, 부엌에 있는 의자를 가져오면 또 깰 것 같아서 활이 그땐 딱 좋은 상태였다.

2009. 1. 12. 월.

가끔씩 나는 심심하면 집 안을 걸어 다니면서 이것저것 해 보지만, 나는 그 심심함을 '떠돌아다님'으로 해결할 수 없었다.
어떤 때는 책을 읽기도 한다. 나는 단편소설이나 적당히 긴 'Chapter' 있는 책이 좋은데, 다 소설, 수학, 과학, 만화가 대부분이다(이 책들이 재미없다는 건 아니다. 단지 그런 책을 읽는게 필요하단 뜻이다).
심심해도 난 만화영화나, 게임은 절대로 하지 않는다. 재미없다.
그래도 나름대로 심심함을 보내고는 있다. 대체로 책이나 그림 그리기였는데, 다른 애들이 이상하게 생각할지는 몰라도, 그런게 재밌다.
그런데 엄마나 아빠는 내가 어렸을 때부터 참는 것일 뿐이었는데…, 엄마 아빠는 그게 당연한 거라고 생각하시는지, 웬만해선, 특히 엄마가 하지 말라고 하신다. 때문에 게임은 땡길래야 땡길 수가 없다.
엄마 아빠의 사정은 이해하지만….

2009. 1. 14. 수.

## 꿈

언제는 특별한 꿈을 꾼다.

내가 어렸을 때인데 이상하게 아직도 기억이 난다.

꿈속 그때의 내 집은 일신 15층이었다.

꿈속에 잠자다가 꿈속에서 내가 깼다.

가족들이 없었는데, 밖에 있는 창문 쪽에서 작게 북적대는 소리를 들을 수 있었다.

내다보았더니 저 밑에 수영장이 큼지막하게 있었다.

엄마, 아빠, 그리고 형들이 보였고 뛰어내리라고….

괜찮다고 했는데, 5~6세가 15층에서 뛰어내리는 건 아주 무서운 건 당연한 일이다.

혼자 놀려니까, 가족이 없으니까 매우 심심했다.

집에 있기엔 외롭고, 내리기엔 무섭고 하다가 난 깼다.

곧바로 창문 밖을 내다보았다.

가족은 거실에 있었고, 내다본 세상은 수영장이 아니라 차가 빼곡히 세워져 있는 주차장이었다.

난 몇 분 동안이나 그 주차장을 보았다.

2009. 1. 16. 금.

학원에서, 공부하고 돌아올 무렵, 마중소식이 없어 추워도 혼자 오라며, 어쩔 수 없다는 듯이 전화 한통은 걸려온다.

엄마는 아기를 봐야하고, 아빠는 회사일이 많았기 때문이다.

3가지 관문만 통과하면 된다.

첫 번째는 무단횡단, 싫어도 해야만 한다.

신호등이니 횡단보도니 없는 상황에서 주저앉아 얼어 죽을 순 없는 것이다. 게다가 얼음도 있어서 다소 뛰면 안 된다.

4~5초 동안 고요했기 때문에 건널 수 있었다.

두 번째는 쉽다. 살얼음 피하기. 물체에 의지하면 됐던 것이다.

그러나 세 번째 손시려움. 세 번째 관문이 발생되면 두 번째 관문도 매우 세 진다.

손이 시려우면 집으로 향해 발걸음을 재촉해야 하나 얼음 때문에 뛸 수가 없다.

보너스 관문인 하체.

손이야 뭐 잠시 다른 아파트 현관에 가서, 주머니에 손 좀 넣어 녹일수야 있겠지마는, 하체가 몹시 추웠다.

바지위에 바지를 입는 건…, 좀 그렇기 때문에 하체는 추울 수밖에 없는 것이다.

집으로 돌아오기 얀 했지만….

2009. 1. 19. 월.

이것도 내가 어렸을 때 특별한 꿈을 꿨을 때였다.

당연히 그땐 고집을 내세우고, 몇몇의 단어를 익히는 시기이다.

말을 아직 못하는 것이다(그때의 내가).

신발장 문은 앞에 장롱으로 막혀져 있었다.

그래서 이 방향이 덜 뻑뻑한데, 언제 꿈속에서 누군가가 옆쪽으로 열었더니 또 다른 문이 안에 있었다.

그 문을 열어보니 천국 같은 곳이었다.

단잠을 자고 일어나서, 빨리 현실에서도 거기를 가려고 그쪽으로 열려 했으나, 당연히 힘없는 아기가 그 뻑뻑한 문을 열 수 없다.

엄마에게 끙끙대며 해 달라자, 화내면서 열어 주었다.

역시나 신발장이었다. 이상한 세계. 신발장 문을 왼쪽으로 열면 신발장, 오른쪽으로 열면 천국….

내가 생각했던 세계는 아마도 이랬을 것이라고 판단한다.

지금 생각하면 참….

왼쪽으로 열어서 신발장이면, 당연히 오른쪽으로 열어도 같은 신발장이지.

그런데 그런 게 가능할까? 그런 게….

2009. 1. 23. 금.

언제 내가 좋아하는 등산을 가려고 했었다.

그땐 내가 현장학습을 가기 전이었기 때문에, 엄마와 아빠는 그때 등산은 다음에 가고 현장학습을 가자고 했다.

처음에는 참 어떻게 보면 분하기도 했다.

괜히 등산을 가자고 해서 기대하고 있었는데, 현장학습을 간다고 해서 괜히 아쉬워졌다.

만약 그런 말이 없었으면 아쉬울 일이 없었다.

그래서 그날 갔을 텐데, 그런 일 때문에 아쉬워서 현장학습을 가지 못했다.

분해서 좀 화냈는데 방안에서 진정했다.

그다음 날은 어쩔 수 없이 갔는데, 당연히 때문에 등산도 가지 못했다.

할 수 없이 등산은 다음 주로 미뤄야 했다

내일이면… 여유가 있긴 한데 눈이 쌓인다 해서,

눈은 내가 좋아하지만 산에 쌓이면 위험할 텐데 괜찮을지 모르겠다.

아빠는 별문제 없을 거라고 해 대셨다.

무엇이 그리 아빨 안정하는지….

2009. 1. 24. 토.

결국 아빠는 이 눈 오는 날에 등산을 가자고 했다.
처음엔, 별거 아니라고 생각했다. 눈만 좀 쌓였지….
그런데 올라간 지 얼마 안 되어서 미끄러졌다.
가파른 산이어서, 가끔씩 평지가 나왔는데 경사진 내리막길과, 눈 쌓인 가파른 미끄러운 오르막길을 올라야 했다.
산을 절반쯤 올랐을 때였다. 갑자기 폭설이 오기 시작했다.
바람이 세게 불고 미끄러운 가파른 눈 쌓인 돌 절벽….
안 떨어지려고 안간힘을 써서 아빠에 의지하며 올랐다.
힘을 쓰면 입을 벌리게 되니까 눈도 먹었다. 정상, 참 높았다.
아빠는 이런 데에서 라면 끓여 먹으면 정말 맛있다고 한다.
내려오는 길. 눈이 쌓여서 내려가기가 어려웠다.
한발 한발 내딛으니 또
어쩌지 하는 사이 아빠가 갑자기 로프를 잡고 쭉~ 미끄러져 내려갔다.
깜짝 놀랐다. 그 내리막길을 단숨에 지났다.
또 눈 쌓인 돌 절벽 같은 게 나오면 같은 방법으로 가고, 로프가 없는 흙 절벽이면 후다닥 달려 내려갔다.
거의 다 내려왔을 때, 끝없는 좁고 가파른 인공계단.
다리가 아픈데 아빠는 계속 달렸다. 그래서 로프라도 잡고 내려왔다.
그 등산을 하고 난 생각했다. 고산 등반은 얼마나 힘들까?

2009. 1. 30. 금.

오늘 오후 4시, 오랜만에 운동을 하려고 배드민턴을 치러 갔다.
일신 때부터 꾸준히 연습해 왔으니까 그다지 녹슬지 않았다.
두 손으로 잡아서 치고, 세게 치고, 약하게 치고, 마침 날씨도 좋고 바람도 안 불어서 좋았다.
1시간쯤을 그렇게 보냈는데, 서로의 실수 때문에 한 번도 공이 왕복을 못 한 적도 있었다. 서~브 후 남이 치면 나는 더 쉽게 칠 수 있었다.
어떤 때는 멀리, 또 높이 몇 번을 왔다 갔다 했다.
땀은 맺히기 시작하고 중반을 가니, 어려운 동작도 해내고 제대로 하기 시작했다.
대체로 이 중반에 공이 왕복을 많이 했다.
그런데 후반을 가니까, 중반에 너무 힘차게 쳤는지, 힘이 안 들어가고 헛치는 경우가 잦아졌다.
땀은 더욱더 맺혀가던 한 순간 그만하기로 했다.
당시는 별로 문제 될 게 없었는데 이상하게 지금은 몸이 막 쑤신다.
물건에 의지해서 가고…. 과하게 했나?

## 4학년

2009. 3. 3. 화.

우리 아빠는 항상 한결같다.
무슨 특별한 곳을 가시려고 하지도 않고 항상 제 할 일만 하는 회사원이다. 재미란 걸 잊은 듯이 사는 것 같다.
공부를 하라고 하면 시간표를 짜지도 않고, 내 할 일을 하라는 아빠는 그래도 좋으시다.
작게 또 평범하게 혼내도 참 따끔한 꾸중이었다.
그렇게 하시면서도 잘 화를 내지 않기 때문에 좋으신 분이라는 것이다.
그런 아빠도, 또 나도, 또 모든 사람들이 그렇듯이 한 살을 더 먹게 되었는데, 그럼 나는 이제 4학년이 되고 후배도 더 생기는 것이다.
나도 점점 커 가서 그러는지, 왠지 4학년이 되기 전 며칠 전부터,
계획표를 짜지 않아도 대충 할 일을 정리하고,
힘들면 쉬게 할 줄 아는 계획성이 이미 짜진 듯하다.
그래도 계속 이 시기였으면 좋겠는데 또 컸나 보다.
말을 몰라 답답해하며 엄마께 애원하던 그 시절이 생각난다.

2009. 3. 5. 목.

'4'가 불길한 숫자라고 한다.

중국인들은 특히 '4'를 매우 싫어하고 있다.

또한 아픈 사람을 치료해 주는 병원에서도, 사람들이 잘 완치되라고 '4' 대신 알파벳의 'F'를 사용한다.

이유는 '4'가 四도 있지만 死라는 나쁜 인상을 주는 숫자기 때문인데, 이런 것은 단지 믿는 것일 뿐이다.

그 어떤 숫자든 불길함과 행운이 항상 따르는 것도 아닌데, 왜 7은 좋은 숫자고 4는 나쁜 숫자일까?

4는 아까 말했듯이 死라는 한자도 포함하기 때문에 불길하다는 것이다.

대신 Four의 F를 따서 쓰는데, 이런 것은 옳지 않다고 생각한다.

또 7이 좋은 숫자라는 것은, 내 생각에 '7'에 관련된 사람들이, 불행 대신 행운을 우연처럼 맞이해서 좋은 숫자라는 것이다.

세상에 '행운의 숫자'와 '불행의 숫자'라는 차별은 없어야 한다.

숫자라도 말이다.

2009. 3. 8. 일

항상 스포츠에 별 흥미가 없는 나는, 스포츠에 맞대어 보는 것도 엉뚱한 시작을 품고 있었다.
날씨가 좋아서 운동을 가자고 했는데, 아빠는 월드컵 경기장을 가자고 한 걸로 착각했는지, 웬 차 키를 들고 이상하게 경기장으로 흘러갔다.
광주 상무 대 대전이라고 했는데, 난 단지 쨍쨍 내리쬐는 햇빛만 맞으며, 운동생각을 하면서 한탄만 하고 있었다.
적어도 우리광주가 전반전에 2골을 넣고, 1골을 후반에 넣었다는 좋은 소식이 있었으므로, 나도 서서히 경기 쪽으로 흘러가게 되었다.
알고 보니 대전에 위기가 참 많았다.
내가 제대로 본 부분은 후반전 거의 끝날 때쯤뿐이었지만, 골대에 가까워진 공이 눈에 띌 때마다, 시끄러워지는 주위는 2~3분에 한 번쯤 될 것으로 잦았다. 결과는 3:0으로 깔끔히 이겼다.
돌아오는 시간은 5:00, 차가 많이 막혀서 5:15이 실제 돌아오는 시간이 되었다.

2009. 3. 10. 화.

일상은 우리생활. 또한 생활은 의, 식, 주를 갖춘다.
그중에서 '주'인 수면을 쓰는데, 난 잠을 자면서 많은 다양한 꿈을 꾼다. 그중에서 대부분의 꿈은 좋지 않은 꿈이었고, 또 학교나 집에서 일어난 일이다.
그중에서 한 가지는 내가 웬 길로부터 시작된 집을 찾는 것이었다.
어떤 얼음통로를 지나고, 낯선 거리를 달려가기도 해서 찾는 꿈이었다.
묘사 시 '웬', '어떤', '낯선'을 썼는데, 이처럼 꿈이란 건, 특정하지 않은 시간과 장소에서 일어나는 꾸며진 이상한 이야기다.
깼을 때는 꿈 이야기 내용이 전혀 맞질 않지만, 꿈을 꿀 때만은, 그 이상한 내용이, 진짜처럼 믿어지는 게 참 꿈에 대한 특별한 성질이다.
불행한 꿈을 꿀 때, 난 가끔씩 잠결에 '이러면 안 된다' 등의 걱정을 하다가 일찍 깬 적도 있었다.

2009. 3. 11. 수.

요즘 내가 돌보는 콩. 콩을 물에 담가 며칠 동안 키우니까 무성히 잘 자라고 있다. 그 콩이 다 크면 콩나물을 국에 넣자고 엄마가 말하였다.
나는 콩을 심을 시기다,고 생각하며, 보이는 심을 수 있는 화분을 찾았다. 거기에 웬 화분은 다 죽은 것 같아서, 뽑아내고 콩을 심으려는데 엄마가 호통을 쳤다. 뒤에 차분히 이야기했다. 나는 콩을 심으려고 뽑았다고 했다. 그런데 엄마는 그게 살아있었다고 했다.
엄마가 그 무성한 잎을 보여 주고는 또 옆에 심을 수 있다고 말했다.
옆에 심을 순 있지만 난 깨끗한 걸 원했고, 줄기가 칙칙하고 어두우며 축 늘어진 듯 있는 그 화분이, 꼭 죽은 것만 같아서 그랬을 뿐이었다.
기억을 더듬으니 그 화분만이 꽃을 피우는 꽃이었다.

2009. 3. 13. 금.

모두가 그렇듯이, 좋아하는 과목과 싫어하는 과목이 있다. 나도 예외는 아니다.
가끔은 이런 과목들을 싫어하면, 살아가는 데 힘들지 않을까 걱정이 되기도 한다.
나는 정확히 3개의 과목을 좋아하고 3개의 과목을 싫어한다.
영어, 독서, 과학을 좋아한다. 반면에 음악, 미술, 역사에는 흥미가 없다.
어떤 사람들은 음악과 미술이 재미있다고 말할 수 있지만, 나는 음악에 리듬감이 없고, 악기를 잘 다루지 못해서 하고 싶지 않다.
미술을 싫어하는 이유는, 내가 항상 무언가를 부수거나, 쉽게 손상시키기 때문에 미술을 하고 싶지 않다.
역사는 읽다 보면 흥미로운 부분도 있지만, 이야기의 중반부터 등장하는 많은 인물들 때문에, 그들 사이의 관계가 혼란스러워진다.
결국 거의 모든 관계를 잊어버려서, 이야기가 어떻게 흘러가는지 이해하지 못하게 된다. 이야기의 흐름을 모르면 전혀 재미가 없다.
내가 어떤 과목을 좋아하고 싫어하는지를 보면 내 성격을 알 수 있을 것이다.
그래서 내가 왜 이런 과목들을 좋아하는지 알 수 있을 것이다.

2009. 3. 16. 월.

가끔 내가 배웠던 것들을 돌아보는 건 재미있다. 한 자릿수 더하기 한 자릿수의 수학을 돌아보면, 말로 표현할 수 없을 정도로 쉽다.
그뿐만 아니라, 앞으로 배울 것들을 생각해 보는 것도 재미있다.
코사인, 사인, π, 시그마 같은 것들은 표현할 수 없을 만큼 어렵다.
두려워할 필요는 없다. 이 학년의 수학도 이미 내 머리를 조금 어지럽게 하고 있다. 곧 내 머리가 기절할지도 모른다.
처음부터 지금까지 말하고 있는 건 단 하나의 과목, 바로 수학이다.
수학의 고통이 내 머리를 찌른다. 모두가 수학이 분명 두통을 일으킨다고 느낄 것이다. 여기뿐만 아니라 전 세계에 퍼져있다. 왜일까? 책의 어떤 제목에는 이렇게 쓰여 있다. “왜 이 답이 나왔고, 어떻게 그렇게 됐는지만 알면 수학은 어렵지 않다.”
하지만, 나는 매번 이 제목을 믿고 책을 읽다가 곧 깨닫는다. 그렇지 않다는 것을.

<수학>
나는 방법을 알아내려고 노력한다.
나는 이유를 알아내려고 노력한다.
하지만 내 머릿속에서 빙글빙글 도는 건 별들뿐이다.
곧 나는 달을 보게 된다.
별이 빛나는 밤하늘.
그 밤하늘이 내게 꿈의 호수에서 물을 부어준다.

2009. 3. 17. 화.

나도 어렸을 때 참 우리 가족들에게서 인기가 좋았다. 2002년 월드컵 일이지만 그 기억은 잊혀지지 않았다.
엄마가 어느 날 신문을 잘라 날 부르더니 보여 주었다. 그땐 4살이니까 뭘 제대로 알겠나.
월드컵에 대해 하나도 몰랐던 나는, 그걸 별 대수롭지 않게 여기고 넘어갔다. 엄마는 그 신문 조각을 앨범에 끼워 놓았다.
그것은 지금도 있고, 미래에도 있을 것이다.
그리고 그건 잊혀진 채 몇 년이 지나고, 서서히 더 알게 될 6~7살쯤에, 나는 심심해서 앨범장을 뒤지고, 한 파란앨범을 찾았다.
거의 앞에 웬 신문조각이 있었는데 나는 바로 뛰쳐나갔다.
엄마한테 성급히 물어보고 나서는,
"그게… 나였어?"

월드컵 명장면 전시회
2002 한·일 월드컵의 열기가 고조되고 있는 가운데 광주 신세계 백화점 1층에 전시된 월드컵 명장면, 공인구 전시에서 시민들이 관심있게 지켜보고 있다.

이 신문에 나온 아이가
제연이니? ^^ 놀라운걸!
매번 느끼지만 우리
제연이의 일기는 선생님이
항상 기대를 가지고
넘기게 되는구나. ♡

2009. 3. 19. 목.

우리의 성격은 참 다양하다. 순한 사람도 있고, 까칠한 사람도 있다.
이뿐만 아니라, 급함 선함 등도 다 성격에 적용될 수 있다.
까칠하고, 급함이 심하고, 선하지도 않은 사람은 친구가 거의 없을 것이다.
또, 순한, 급하지 않고, 선한 사람은 친구가 많을 것이다.
사람은 끼리끼리 만나지만, 성격이 안 좋은 사람은 친구가 적을 확률이 높다.
성격이 좋아지는 것이 쉬운 일은 아니지만, 이때가 고칠 때라고 생각한다.
음식에는 고기보다는 야채가 성질을 가라앉히고, 짜증을 내지 않고 살면 차분해진다.
생활에서 이것들을 반복하고, 선한 일을 목표를 세워, 조금씩 하면 좋을 것이라고 생각한다. 나는 한때 절친이 한 명 있었다.
그 이야기는 낡은 책이지만 아직도 기억난다.
어렸을 때 꽤나 순했던 나는, 비슷한 성격의 그 친구와 거의 매일매일 만났다.
비록 떠났지만, 서로서로 그때만이라도 잘 대해 줘서 그 친구가 이사를 간 게 그렇게 후회스럽지 않다.

2009. 3. 22. 일

이 학교는 영어와 다른 외국어들을 가르치고, 교육이 더 튼튼하게 돼 있는 학교인데, 때문에 참 비싸다.
그러고도 이 학교에 보내시는 우리 엄마 아빠는, 그 돈을 헛되게 하지 않도록, 집에서도 교육을 많이 시킨다.
덕분에 공부를 잘하게 된 아이들이 특히 많은데, 누구나 그렇듯, 공부를 잘하면 나중에 잘살 것이라는 것으로 알고 할 것이다.
하지만, 그래도 모두는 공부하기를 싫어하긴 할 것이다. 피곤하게 많이 하려면 스트레스도 받을 것이고, 스트레스가 그렇게 쌓이다 보면, 사소한 것에 머리끝에서 연기가 나오기 마련이다.
내가 그중에 한 명이기에 잘 안다. 난 4살부터 한자와 외국어를 시작했으니 쌓인 게 꽤나 높을 것이다.
그래서 요즘 꼭 짜증을 줄이려고 노력하는 중이다.

2009. 3. 24. 화.

예전부터 전해 내려오는 전통풍습과 민속놀이.
우리조상들이 무얼 하고 살았는지, 알 수 있는 당시의 물건들을 모아, 보관한 박물관에서 자세히 알아볼 수 있다. 조상들이 만든 물건을 자세히 용도에 관찰해 보면, 왜 그렇게 했는지 알 수 있다.
친환경적인 전통문화재는 흙, 나무, 놋쇠가 많이 재료가 된다. 때문에 지금보다 불편하지만 더 나은 성능이 있다. 이것들을 견학하거나, 어른들에게 물어보는 등의 방법으로 공부를 하면, 그런 것에 대한 과학 지식을 알 수 있을 것이다.
조상들의 지혜로 만들어진 傳通 문화재와 풍습을, 지금 지켜놓아야 후손들에게 잘 보관하도록 내 주어서, 문화재를 이어갈 수 있을 것이다.

2009. 3. 25. 수.

요즘 큰 이슈가 있다. 정부, 사회, 그리고 한국인들 사이에서 논란이 뜨겁다. 10원이 더 가벼워졌다. 그건 괜찮다. 1,000원은 새로 나왔다. 그것도 괜찮다. 이제 50,000원을 만드는 건 나쁘지 않지만, 그 위에 나오는 사람이 문제다.
내가 고마워하는 '인○○ 틴타임스'에 따르면, 신○○이 50,000원에 나올 거라고 한다. 그녀는 중요한 사람이 아니다. 곧 올해 6월에 한국에서 널리 퍼질 것이다.
신○○은 옛날에 조금 중요한 사람이었지만, 사람들은 왜 그런 사람이 50,000원에 나오는지 화를 낸다. 사실 나도 부분적으로 동의한다.
나는 김구가 50,000원에 나왔으면 좋겠다.
하지만, 김구가 감옥에 갔던 적이 있어서 어떤 사람들은 그에 대해 화를 낸다. 그럴 수 있나? 그건 잘못된 게 아니다.
정부, 사회, 그리고 사람들은 여전히 지금까지 논쟁을 하고 있다.
밤만 빼고.

2009. 3. 27. 금.

예전부터 혼란이 많았다. 나 말고 이 한국에서 꽤 오랫동안 그랬다.
어떤 징후가 있었다. 아직도 과자마다 있는 것 같다.
왜 뉴스에서 요즘은 그것에 대해 보도하지 않는지 궁금하다.
음료나 과자, 감자칩, 기름, 사탕, 초콜릿, 막대과자, 아이스크림, 파워ㅇ이드, 게ㅇ레이, 에ㅇ드 종류에도 포함되어 있다.
나는 여전히 그것이 걱정된다. 병을 일으킬 수 있다.
조금은 나아진 기분이다.
왜냐하면 '일으킬 수 있다(CAN)'이지, '일으킨다(DOES)'는 아니니까.
'일으킬 수 있다'의 가능성은 70% 정도 되고, 30%는 일어나지 않을 가능성이 있다.
일어나지 않을 수도 있다. 하지만 미래에 일어날 가능성이 더 크다.
오래전부터 그렇지만, 우리가 추측하는 것처럼 그건 멜라민이다.
중국, 한국, 그리고 세계적으로 멜라민은 단지 논쟁거리일 뿐이다.
아무도 그에 대해 용기 있게 입을 열지 않는다. 무슨 일이 있었을까?
사람들은 거의 모든 샌ㅇ위치에 멜라민이 들어 있다고 말한다.
일부는 아예 과자를 없애야 한다고 말한다.
역사적이고 전설적이지만, 여전히 문제다.

2009. 4. 2. 목.

요즘은 아빠가 회사일을 해서 피곤할 때가 많은데,
그래서 나는 10분 동안 아빠 다리를 밟아 드리고 1,000원을 받는다.
일주일에 몇 원, 한 달에 몇 원, 나에게는 돈이 그냥 들어오질 않는다.
반드시 노동으로 돈을 벌어서인지 쓰고 싶지 않다.
꾸준히 모았으면 그래도 2만원은 넘을 듯 말듯 한데, 3~4천원 모이면
저금하라고 엄마한테 줘 버렸기 때문에 사실은 모른다.
막 주고 나서는 돈이 하나도 없어서 그런지 노동을 하고 싶지 않다.
아빠가 용돈보다는 이런 것을 선택 했는지에는, 아마 원래 벌어들인
돈을 쓰기 싫어서일 것이다. 돈을 아끼게 하려고….
내 성격이 그런지 그래서인지 평균 한 달에 5,000원은 벌어들인다.
현재 5,000원짜리 지폐가 딱 하나 있다. 주말이 오면 또 벌어야지.

2009. 4. 6. 월.

요즘, 언제든지 광고나 슬로건이 TV에 나온다. TV 광고의 목적은 보통 설득하는 것이다.
어떤 광고들은 유명한 스타들을 출연시키기도 한다. 광고를 보면 우리가 몰랐던 것들을 알 수 있다.
정보를 줄 수도 있지만, 대부분은 설득을 위한 것이다.
그럼, 유명한 스타들을 내세운 광고가 정말 효과가 있을까?
다른 방법들도 많은데, 광고에는 엄청나게 비싼 돈이 든다. 수백만 원 이상.
우리 삶 속에서 우리는 5억 가지나 되는 많은 광고를 본다.
물론 그중 몇 개는 여전히 머릿속에 남아 있을 수 있다. 그것도 하나의 전략이 될 수 있다.
하지만 나는 좀 다르게 생각한다. 몇 개는 기억에 남겠지만, 우리가 TV를 보는 목적이 광고를 보기 위한 건 아닐 것이다.
우리는 그저 보고 싶은 프로그램을 보기 위해 광고를 아무 생각 없이 넘길 수도 있다.
소비자들이 물건을 사게 만들면 경제성장에 도움이 될 수 있다.
더 많은 광고를 틀어, 소비자들이 더 많이 사게 해서 경제를 도울까, 아니면 광고를 틀지 말까, 왜냐하면 광고를 틀기만 해도 너무 많은 돈이 들기 때문이다.

2009. 4. 7. 화.

주말이 되면 심심할 때가 많다. 그중에서 해 보는 것도 많은데, 집을 기어가고, 누워가고, 방황하다 책꽂이를 한번 둘러보니, 오랜만인 듯한 책이 있다.
1학년 책! 무엇을 배웠었나? 1학년 교과서를 둘러보면 지금 배우는 게 수준이 높은 걸 확실히 알 수 있다. 글씨는 큼직큼직하게 한쪽에 2줄씩으로, 두께는 1~2cm에다 교과과정 내용은… 상식이다.
항상 예전에 있었던 것을 보면 참 쉽고 한숨이 나온다. 또, 유치원 때 했었던 탐구학습을 펼쳐보니, 그림에다 현장학습 보고서가 있었다.
그림엔 4명이 나란히 서 있고, 표정은 하나같이, 여자애들한테 그리라 하면 항상 있는 표정에다, 보고서의 한 부분에는, “참 재미있었어요. 다음에 또 왔으면 좋겠어요.”

2009. 4. 9. 목.

다른 애들은 어떤지 모르겠지만, 대부분 엄마를 따라갈 것인데, 난 2학년 때부터, 보살핌이 덜 있어도 될 정도부턴가, 아빠를 많이 따랐다.
언제나 그랬듯 아빠 위에 누워 있다가 잠이 들었다.
그러곤 일어나니 참 편했다. 이것(인게) 아니라 그것(일것) 같다. 최근 기억나는 일이 그거이기 때문이다.
학교에서 돌아오고, 할일하고, 잠깐 나왔다가, 또 할일하고 하다보면,

아빠가 오는 시간이다. 그때 항상 내가 반겨 준다.

엄마를 안 따르는 게 아니라, 그때부터 아빠를 더 따르게 됐다.

아무래도 아빠가 좀 푹신푹신해서 좋은 것 같다.

포근포근해서 추우면 자주 붙고, 시야가 흐려지기 시작한다.

세상이 다시 보이면 편하다! 그런 것 때문에 좋은지.

2009. 4. 14. 화.

작년에 사서 지금까지 키우는 거북이 두 마리. 금붕어를 키웠었는데 오래 살지 못하고 거북이를 사들였다. 아침에 한 끼만 줘도 된다니까 간편하다. 때로 신문지 위에 올려놓고 가만히 놔두면 안 볼수가 없다.
젖은 몸으로 전선 밑으로 기어가고, 들어가면 못 나올 통로를 향하니, 갈 때 마다 손으로 집어 신문지에  올려 둘 수도 없고 해서, 산책은 제대로 하지는 않고, 대개 물에만 있는다.
언제 한번 거북이의 구조를 봤더니, 배가 넓고 손가락 사이에는 물갈퀴가 있어, 잘 수영하게 되어 있었다.
또 거북이는 수영하다가 잠시 올라와서 숨 쉬고, 다시 잠수하는 규칙이 있다. 어찌나 수영하기 좋던지, 내가 갑자기 오면 깜짝 놀라서 아주 빨리 돌 밑으로 숨는다.
뿐만 아니라, 거북이 2마리를 경주해 봐도 거북이가 상당히 빠른 것을 알게 되었다. 이 밤에는 거북이가 다리 쭉 뻗고 바위에서 잘 것이다.

2009. 4. 23. 목.

세 살 버릇이 꼭 여든까지 가랴! 살면 사는 데까지 가는 법!
나도 물론 예외는 아니다. 내 지금 행동은 어렸을 때와 일치할 것이다.
내가 지금 이 장난을 치니까 어렸을 때도 장난을 쳤던 것이다.
그래서 한번 크게 장난치고 엄마한테 볼 살 꼬집힌 기억이 난다.

엄마는 금방 갔다 온다고, 나보고 집을 보고 있으라고 했다.
내가 집 안을 살피다가, 항상 그랬듯 내 물건 가지고 놀려고 했다.
그때 무선 전화기가 보였다.
나는 그걸 가져다가 내가 아는 전화번호!, 우리 엄마 번호(좀 아는 때였으니까)를 눌러 보다간, 아무 재미가 없어서 저기에 내동댕이쳤다.
전화를 걸었는데, 아무 말이 없어서, 엄마가 걱정이 됐는지, 하던 일도 멈추고 후다다아닥 달려오셨다. 상황을 아시자 엄마는 다시 문 열고 나갔다.
볼살이 아려서 가만히 앉아서 기다리기만 했다.

2009. 4. 28. 화.

오늘 집에 오고 나서 창문 밖을 내다보았더니, 평범한 풍경이었는데, 교회위에 높이 있는 십자가 바로 밑에 원반이 있었다.
구멍이 뚫려 있어서 통해 보여야 하는데, 이상하게도 막혀서(무언가에) 통해 보이지 않았다. 갑자기 새가 날아오는 게 보였다. 그 새는 내가 보던 둥지로 날아갔다.
그 새 둥지의 엄마였던 것이다.
다시 그 새가 날아갔을 때 그 새가 돌아올까 시험했다. 그 새는 정말로 왔다. 그리 신기한 것은 아니었지만 난 계속 그 둥지를 보고 있었다.
하지만 새는 쉬지도 않고 바로 날아갔다. 나는 그 새가 다시 돌아올 것이라고 믿었지만, 내가 본 바로는, 그땐 다시 돌아온 그 새를 보지 못했다. 같은 무리의 새들이 날아다니는 것뿐, 그 새는 보지 못했다.

그래도 그 새는 꼭 제 할일 할 것 이라고 꼭 믿는다.

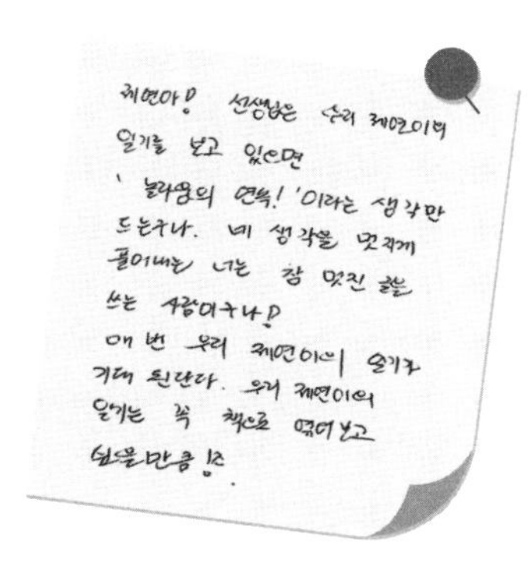
제연아! 선생님은 우리 제연이의
일기를 보고 있으면
'놀라움의 연속!'이라는 생각만
드는구나. 네 생각을 멋지게
풀어내는 너는 참 멋진 글을
쓰는 사람이구나!
매번 우리 제연이의 일기가
기대된단다. 우리 제연이의
일기는 꼭 책으로 엮어 보고
싶을만큼!!

2009. 5. 11. 월.

매일 우리에게 있는 것이 무엇일까? 우리를 피곤하게 만드는 것이 무엇일까? 모두가 싫어하는 것이 무엇일까? 맞다. 내가 말하는 건 숙제다.
매일, 피곤함, 싫음. 숙제가 정말 필요한 걸까?
숙제는 채점하는 사람도 힘들게 만든다.
30개가 넘는 숙제를 채점하는 것도 힘들고, 누구도 숙제를 좋아하지 않는다. 꼭 필요한 걸까? 비록 숙제가 많지는 않지만, 숙제가 우리에게 무엇을 줄까? 숙제는 '오늘 배운 것을 집에서 하는 복습'일 뿐인가?
숙제가 우리에게 다른 뭔가를 주는가? 그렇지 않다면, 숙제의 좋은 점이 대체 뭘까?
잘 생각해 보자. 숙제는 문제 해결을 통한 복습이다. 복습은 우리가 배운 것을 잊지 않게 도와준다. 그 점에 대해서는 숙제가 좋다고 인정한다.
그래도 지금보다는 숙제가 좀 적었으면 좋겠다.

2009. 5. 12. 화.

요즈음에는 비가 자주오지 않는다.
물이 부족해서 지금 전국 어떤 곳에는 가뭄이 현재 들어있다.
왜 이렇게 비가 오지 않는 것인가?
봄인데도 현재 거의 여름의 기후를 가졌다.
그만큼 덥다는 말은, 해가 더 강하게 내리쬐고, 물은 더 많이 증발하고, 더욱더 많고 자주 구름이 형성되고, 구름이 무거워지면 비가 내린다는 것이다.
장마철이 비가 자주 오는 이유도 더워서이다.
지구 온난화라고 요즘 난리인데, 그럼 온실가스도 층이 생긴다.
그러면 더 더워지는 게 당연한데, 왜 비가 오지 않을까?
오늘처럼 비가 오는 날도 있지만, 자주 오진 않는다.
온실가스 때문에 지구 온난화가 생기고, 그것 때문에 남·북극의 빙하가 녹아서, 수심이 현재 4~5cm쯤 더 올라간 상태이게 까지 하다.
빙하는 곧 얼음, 얼음이 전엔 괜찮았는데, 지금은 조금 녹았다.
그 빙하가 녹는 것도 예전보다 더 더운 걸 증명하는데. (왜 비가 오지 않는 것일까)

2009. 5. 19. 화.

**1편**

사회책엔, 생산자→도매시장→소매시장→소비자로 가는데,

만약 우리가 중간상인을 거치지 않고 바로 생산자에게서 산다면, 생산하고 바로 소비자로 가므로, 유통 단계가 더 적어서, 소비자에게는 더 싼 값에 살 수 있는 기회가 된다.

또한 생산자를 믿을 수 있다. 생산자들도 충분한 값을 받고 팔 수 있다. 그 이유는 소비자가 바로 생산자에게서 사들이므로, 확실한 소비자가 있기 때문이다.

중간상인들은 많이 줄거나 없어질 것이다. 화물차 운전기사 같은 경우는 단 한번만 필요하다. 역시 큰 필요가 없는 것이다.

소비자들과 생산자들에겐 이익이겠지만 화물차 운전기사, 중간 상인은 손해를 볼 것이다.

그래서 '그냥 이대로 살자'가 나올 듯하다.

<일어날 일>

소비자: 물건을 싸게, 또 안심하게 살 수 있다.

생산자: 충분한 값을 받고 넉넉히 팔 수 있다.

도매상/소매상: 사람들이 오지 않아 없어질 것이다.

화물차 운전기사: 역시 약간의 손해를 볼 것이다.

2009. 5. 19. 화.

**2편**

과학이 수 세기 동안 엄청나게 발전했지만,

여전히 완벽하게 만족하지 못하는 것들이 많이 있다.

나도 하나 생각해 보았다.

바로 지우개다. 지울 때 팔이 빠질 것 같다.

특히 글자와 문단이 가득할 때는 팔이 너무 아프다!

그래서 한 가지 방법을 생각해 보았다.

그냥 내 생각이지만, 버튼만 누르면 지워지는 방식이면 어떨까 생각했다. 이건 마치 브러시처럼 생겼을 것 같다.

아직 더 생각해 봐야 하지만, 이게 될지 궁금하다.

아마도 20~30년 후면 답을 알 수 있을 것이다.

2009. 5. 23. 토.

오늘이야말로 잊지 못할 하루였다. 태현이의 할아버지네 집에 가서 오랫동안 있었다.

나는 평소에 야구를 하지 않지만, 3명이서 간만에 한번 해 보았다. 빠질 만큼 재미있지는 않았지만 그래도 할만은 하였다.

잠시 TV나 닌○○을 약간 했어도, 있었던 7시간 중 6시간 정도는 활동이었다.

점심으로 고기도 먹고, 또 태현이네는 아주 넓은 땅이 있었다. 마당도 좋고, 보리수, 꽃, 잔디, 파 등 여러 가지를 마당에 심고, 심지어는 석탑까지도 2개 있었다.
같이 산책도 해 보고, 정원에 있는 대나무 숲을 구경하고, 보리수도 따 먹고 하다 보니 시간 가는 줄도 몰랐다.
짧게 느껴지는 하루였지만, 일기장에는 기록할 수가 없을 정도로 잊지 못할 하루였다.

2009. 5. 24. 월.

건강과 체육을 배우면서 운동에 관한 장을 공부했다.
그 페이지에는 활동 피라미드가 있었다.
활동 피라미드를 보니, 내가 균형 있게 운동하지 않고 있다는 것을 알게 되었다.
나는 항상 달리기나 턱걸이, 팔굽혀펴기, 윗몸일으키기 같은 운동만 했었다.
그런데 활동 피라미드에서, 내가 많이 하던 운동은 피라미드의 작은 부분을 차지하고 있었다. 유산소 운동이 그보다 훨씬 더 큰 부분을 차지하고 있었다.
그래서 자전거 타기, 걷기, 천천히 달리기(조깅) 같은 운동을 더 해야겠다고 느꼈다. 유산소 운동도 조금씩 포함해서 말이다. 적어도 균형 있게 운동해야 한다!
건강과 체육책을 보면서 나만의 활동 피라미드를 만들기로 결심했다.

2009. 5. 27. 수.

지금은 초여름인데, 어제는 춥고 비 오는 날이었다. 바람도 강하게 불었다. 비가 내리는 걸 보고 있었는데, 비처럼 보이지 않았다. 마치 우박 같았다. 아빠에게 물어보니 "우박이다."라고 하셨다.
우박은 보통 초가을에 내리는데, 우박이 떨어지는 걸 보니 정말 신기했다.
하늘에서 땅까지, 바로 앞에서 떨어지는 걸 가까이서 볼 수 있었다.
나는 평생 이렇게 큰 우박은 처음 봤다. 사실 작은 우박조차도 본 적이 없었다.
이제 나는 비, 눈, 진눈깨비, 우박까지 경험하게 되었다. 우박을 주워 보려고 했는데, 아야! 우박은 정말 얼음덩어리였다.
두 번째 시도 때는 우박이 다 녹아서 주울 수가 없었다. 초가을에 한 번 더 우박이 내리면 그때 꼭 주워 봐야겠다.

2009. 5. 28. 목.

1층과 15층. 이사 오기 전까지만 해도 나는 일○아파트 15층이었다.
하지만, 지금 이사 온 후엔 1층에서 살고 있다. 둘 다 꼭 좋다, 나쁘다 판결을 내릴 순 없는 법이다. 하지만, 확실히 바로 들어가는 1층과, 엘리베이터를 타고 들어가는 15층은 다르긴 다르다.
학교에서 돌아오고 아파트 현관에 들어서면, 어떤 사람이 엘리베이터에 막 들어간 채 '열림'을 누르고 있었다.

그런데 내가 우리집 현관으로 몸을 돌리자 문은 바로 닫힌다.
또, 8층, 7층, 6층…. 슬슬 내려오는 엘리베이터를 기다리는 사람은, 내가 현관문에 들어서자 자리를 비켜 주는 듯 한다.
하지만, 1층에도 거주자가 있는 것은 당연한 일. 몸을 왼쪽으로 돌면, 그 사람은 그 자리를 자기가 다시 채운다.
확실히 1층과 15층은 다른 게 있다.
남 속이는 1층, 불편한 15층. 층은, 말했듯이 좋다, 나쁘다 판결을 내릴 순 없다. 선택하는 사람 마음대로이기 때문….

2009. 6. 2. 화.

매주 월요일 4~6시엔 내가 가는 학원이 있다.
○○대학교 치과병원 직진으로 10분이면 작은 학원이 있다. 처음 접해 볼 때는 너무 작은 학원이어서 지나칠 뻔했다.
이번 주, 월요일 날 첫 수업을 2시간 동안 받았다. 수업이 지루하거나 재미없지는 않았다. 나쁘지는 않다고 생각했지만 주마다 나가는 숙제가 태산이다. 그냥 태산이 아니라, 그 노트 정리를 할 틈도 없이, 쏟아져 오는 정보를 바탕으로… 풀려면, 족히 1시간은 걸리는 숙제다.
아직도 1문제를 끝내지 못했다. 그래도 첫 수업을 끝내고 나서 상당히 재미있는 것 같다.
해가 쨍쨍 내리쬐는 때에 들어갔다 나오면, 해는 얼굴을 붉히고 내려간다. 엄마와 아빠는 시간표를 교정하기에 바쁜 상태다.

2009. 6. 6. 토.

오늘은 6월 6일이자, 현충일이자, 우리 아빠의 생신이자, 내 친구들과 만나 체험을 한 날이자, 매우 피곤한 날이자, 기억할 만한 날이다.
9시에 출발해서 4시에 돌아온 체험학습, 나와 같이 간 친구들은 알 것이다.
3가지 체험 중에서 2가지밖에 하지 못했지만, 먼저 모내기를 해 보았다.
발을 디디면 푹 빠져들어 무언가에 의지하지 않으면 발을 뺄 수 없었다.
뙤약볕에서 내가 한 분량은 반 평도 못 됐다.
다음에는 미꾸라지도 잡아 보았는데 그것도 괜찮은 체험이었다.
그중 한 마리는 드렁이었다.
이 체험들을 끝낸 후, 그 외 굴렁쇠 굴리기, 보리 굽기, 풍악도 좀 보았으며, 내 친구는 흙 그릇도 만들었다.
그러곤 집에 돌아와서 어딨는지, 무엇을 하는지도 모르게 앉아 있었다.

2009. 6. 8. 월.

우리형은 원래 엄청 비싼 휴대폰을 가지고 있었다.
어느 날, 일찍 일어나서 대학에 갈 준비를 해야 했는데, 늦잠을 자고 말았다. 정말 늦잠을 잔 것이다.
한국의 대학은 초등학교, 중학교, 고등학교와 다르다.
학교들은 정해진 시간 전에 교실에 들어가야 하지만, 한국의 대학에서는 학생들이 놀거나 자거나 다른 일을 할 수 있다.
아빠가 형을 깨우려고 했지만, 결국 형은 나오지 않았고, 늦잠 때문에 늦게 출발하게 되었다.
물론, 내가 아빠와 함께 집을 떠난 지 한참 뒤였다.
형은 버스를 타고 가다가 잠깐 동안 휴대폰을 내려놓았는데, 버스에서 내릴 때 그 휴대폰을 두고 내린 것이다.
학교에 도착할 때까지 그 사실을 전혀 알아차리지 못했다.
그제야 다른 전화기로 엄마에게 전화를 걸었다.
버스는 이미 멀리 떠나버렸다.
다음번에 그 버스를 탈 때 휴대폰이 그대로 있을까?
그 휴대폰은 매우 비쌌지만, 나는 내 휴대폰을 잘 관리해야겠다고 결심했다.

2009. 6. 9. 화.

지금 이곳에는, 엄청난 바람을 동반한 돌풍 같은 것이 세차게 불고 있다. 시험 준비를 하는데 계속 그게 창문을 붙잡고 흔든다.
다른 녀석은 자기 몸을 박아서 시끄럽게 한다.
실컷 하고 나서, 장난이 끝나나 싶으면, 곧 다시 박고 흔든다.
바람이 내 행동을 아는 듯, 무시하면 무시하지 못하도록 시끄럽게 하고, 내가 창문을 쳐다보면 조용해지고,
결국은 조용해지고 시끄럽게 구는 것을 반복하다가,
내가 잠이 완전히 들 때까지 할 예정인 듯, 크게 다짐한 것같이 좀처럼 얌전히 있을 줄을 모른다. 조금이나마 침묵 속에 살려고 자주 창문을 바라봐 주었다. 우연인지 그럴 때만 조용해진다.
그렇게 하면서 잠이 들 것으로 나도 크게 다짐했다.

2009. 6. 11. 목.

오늘 저녁 7:10쯤에, 나는 아빠와 함께 공을 가지고 학교 운동장에 나가서, 공을 던지고 받는 연습을 하였다.
코앞에서 시작하여 아빠가 점으로 보일 때까지, 뒤로 물러서서 던지고 받고 하는 사이에, 곧 7:30분, 해가 완전히 지고난 뒤라서 급격히 어두워질 때, 나는 계단 위로 올라갔다.
누군가 내려오는 것을 보았고 내가 언제 몇 번 본 듯하였다.
다른 사람들과 같이 내려오고 있어서 확신하지는 못하고, 누구인지 기억해 보려고 했지만… 기억이 나질 않는다.
계속 기억하느라 몽롱한 상태여서, 내려와선 어느새 내가 있었던 자리로 있는 나를, 다시 정신이 들었을 때 알아챘다.
그런데, 무언가 때문에 다시 몽롱해지고, 공을 맞았다.

2009. 7. 13. 월.

방학이 다가온다. 방학은 이번 주 토요일부터 시작된다.
내 친구들 중 일부는 필리핀이나 뉴질랜드 같은 다른 나라로 여행을 간다. 적어도 나는 특별한 돈을 가지고 있다.
달러, 페소, 프랑, 페니, 그리고 원.
나는 다른 나라에 가 본적은 없지만, 특별한 돈을 가지고 있다.
그 돈들은 오래된 것으로, 모든 날짜가 19□□, 19□□, 심지어 18□□로 적혀 있다. 그리고 그 돈은 10년 넘게 있었다.
나는 열한 살인데, 이 돈을 어떻게 가지게 된 걸까?
돈은 먼지투성이에 녹슬고 낡았다. 지폐에는 홀로그램도 없다. 어느 날, 돋보기를 가지고 페니를 관찰했다.
뒷면을 자세히 들여다보니, 어떤(신전) 모양 한가운데에 누군가가 있었다 ! 그게 뭘까? 누구일까?

2009. 7. 15. 수.

4교시 음악시간에 했던 작은 파티.
카○리썬 음료수 1개와 어떤 질긴 막대 같은 것 4개를 뺏겼지만, 현빈이와 나는 이익을 봤다. 음료수는 200mm,
나는 현빈이에게 어떤 질긴 막대 같은 것 4개를 주고, 음료수 하나를 가져가자고 했다.

그런데, 그 누군가가(본인은 안 되지) 그것을 받아들이지 않았다.
음료수 1개와 그것 4개를 처음엔 손해 봤다고 생각했다.
하지만, 나는 이것을 알아내었다.
그것은 몸에 안 좋은 것이라는, 손해를 본 것 같아도 사실은 아니라고, 또, 음료수를 안 먹음으로써 급식을 더 빨리 먹을 수 있고, 쉬는 시간이 더 늘어나는 것이다. 건강에도, 시간 절약에도 이익을 봤다.

2009. 7. 18. 토.

앞집 아줌마는 우리엄마와 같은 교회를 다니는 사람이다.
오늘 그 아줌마와 농협 야채시장에 갔다. 그곳에는 파, 양파, 당근, 무 같은 채소들뿐이 아닌 게 아니었다. 너무 지루한시장이다.
그러나 내가 그 바로 뒤의 수산물시장에 가니 볼거리가 무척 많았다.
오징어, 산 낙지에 우리아빠가 이름만 들어도 군침을 흘린다는 전복, 돌게, 그리고 못생긴 배가 아주 크게 부푼 어떤 생선도 있었다.
그리고 거기에 있는 장어는 아빠 키만 약간 못 될 정도로 큰 바닷장어가 있었다.
그것이 놓인 곳은 상당히 길었으나, 장어의 꼬리는 땅을 닿았다.
무엇보다 가장 인상적인 것은 러시아산 킹크랩이었다. 아주 크고 물리는 날엔 끝일 것 같았다. 식성이 좋은 사람도 혼자서는 못 먹는다고 했다. 나는 그 귀한 것을 보지도 못했으나, 1마리에 최소 300,000원, 최대 600,000원이란다!

2009. 7. 19. 일

여름방학에는 항상 따라오는 것이 있다. 당연히 그래야 한다. 왜냐하면 여름이니까.
여름방학에는 덥기 마련이다. 오늘도 더웠지만, 요즘에는 비가 많이 와서 그렇게 덥지 않다.
방학이라는 게 너무 덥거나 너무 추워서 학교에 갈 수 없기 때문에, 집에서 쉬고 공부하는 것 아닌가? 아니면 그냥 쉬는 건가?
나는 첫 번째 생각이 맞는 것 같지만, 두 번째 생각이었으면 좋겠다.
이번 방학에 뭘 할지, 늦은 밤에는 뭘 할지, 이미 계획을 세워 놓았다.
어떤 곳은 비가 너무 많이 와서 홍수가 나기도 하고, 여전히 너무 더운 곳도 있다.
아마 그래서 방학이 있는 거겠지. 덥거나 홍수가 나거나.

2009. 7. 20. 월.

아빠가 이번방학 동안에는 수학을 열심히 하라고, 또 독서 위주로 하라고 했다. 이제 난 2개의 수학학원밖에 없으나 그 정도로도 충분하다.
오늘이 ○○학원(2009. 6. 2. 화요일에 주제로 쓰인 학원)의 첫 번째 방학수업이다.
3% 올림피아드에 도전한다고 디딤돌 수준 1과정을 시작했다. 숙제 양만해도 상당했고, 문제 난이도는 쉽지 않았다.
그러나 아빠 말로는, 1과정부터 4과정까지를 다 마쳐야 영재교육원이나 합격할 수 있다고 하셨다. 누구나 들어가고 싶어 할 구멍이다.
그 구멍은 극히 작고, 우리학생 인구의 3%만 겨우 들어갈 정도의 구멍이다. 나는 1차는 합격했으나, 2차와 3, 4차는 다시 봐야 한다(4차는 사실 보지 않았다).

어쨌든 내가 그 구멍을 들어갈 수 있으려나.

2009. 7. 21. 화.

사람들이 '컴퓨터'라는 말을 들으면, 특히 청소년들은 '휴식, 게임, 오락'을 떠올린다. 나도 그렇다.
동사에 'er'이 붙으면 그 동사를 하는 사람이나 사물이 된다.
Builder는 '짓다', Designer는 '디자인하다', Computer는 '계산하다'의 의미를 가진다.
컴퓨터는 내가 입력하거나 클릭한 정보를 바탕으로 계산을 한다.
그래서 컴퓨터는 중요한 정보를 추출하거나 얻는 작업을 해야 한다.
하지만, 사람들은 '휴식, 게임, 오락'이라고 생각한다. 이것도 맞는 말이다. 그러나 청소년 같은 사람들은 컴퓨터가 할 수 있는 다른 기능을 가끔 잊어버리기도 한다.
게임만이 컴퓨터의 유일한 기능이라고 생각하는 것이다.
나는, 컴퓨터는 다른 사람이 계산을 도와줄 필요가 있을 때, 사용해야 한다고 생각한다. 그뿐만 아니라, 그들은 자신의 두뇌로도 계산해야 하고, 그렇지 않으면 **에서 0점을 받을 수도 있다.

2009. 7. 23. 목.

나는 나이가 들어가고 있다. 나는 ----로 나아가고 있다.
그곳에 도달하기 위해서는 모든 학생 중 3%에 들어야 한다.
KOE는 아니다. 나는 시험을 보았다.

방학이니까, 나는 정말 나이를 먹은듯한 기분이 든다!
올림피아드로 가는 중이다.
비록 아주 어려운 시험이지만, 나는 한 걸음씩 나아가며 언젠가는 소원이 이루어지기를 바란다.
반짝이는 눈을 보며 희망을 위한 시험에 도달하고, 상을 받거나 무엇인가를 얻기를 기대하면서, 나 자신을 시험에 잘 대비할 수 있도록 조정하고, 부모님을 위해, 나의 끝나지 않을 영광을 위해 노력하고 있다.

2009. 7. 24. 금.

오늘이 바로 복날이다. 복날이라면 가장 덥다는 날로, 사람들은 보신을 위해 복날에 먹는 음식이 있었다. 우리는 그중 하나를 오늘 제대로 만들었다.
아빠는 며칠 전부터 복날이 다가오자, 엄마께 "닭에 이것 넣고 저것 넣어야 한다."라고 말했다.
그래서 우리는 대추, 장뇌삼, 마늘, 전복도 넣어서 삶았다.
여름철에는 더워서 움직이기가 싫다는 것은, 나도, 모두가 경험한다. 그럴 때 사람들은 힘을 내려고 여러 가지 탕 종류를 만들었다. 나는 처음엔, '여름에는 더운데 왜 뜨겁게 먹나.'라는 의문을 가졌다.
이제는 더위를 없애기 위해 먹는 것이 아니라, 더운 날 힘을 솟게 하려는 게 목적이라는 것을 알아채었다. 이것은 그 누구도 말해 주지 않았다.
그렇다면 당연히, 그 의문은 내 마음속에만 가지고 있었다.

2009. 7. 27. 월.

어릴 때, 엄마는 내가 알파벳도 몰랐던 시절에 영어 비디오를 항상 보여주셨다.
엄마는 내가 5살이나 6살일 때 그 비디오를 다시 보여주셨다. 빠르게 날아다니는 무언가, 모두가 어떤 필드에서 날아다니는 모습이 담긴 비디오였다.
물론, 나는 한마디도 이해하지 못했다. 이제는 이해할 수 있다.
그리고 내가 6살이나 7살일 때, 엄마는 그 비디오를 계속해서 보여주셨다. 지금은 그 비디오의 내용을 이해할 수 있다.
그 나이 때 본 것은 흐릿한 밤, 사람들, 어두운 미지의 것, 학교, 큰 뱀, 이상한 장소, 대머리 남자 등이었다.
이제는 그 어두운 숲, 해그리드, 호그와트, 유니콘, 바실리스크, 볼드모트 등을 모두 이해한다.  정말 간단하게 알 수 있었다. 특별하다!

2009. 7. 31. 금.

나는 항상 중요한 정보를 얻는 '○○Times.org'에서 기사를 읽었다.
그 기사에서 현재 한국에서는 사람이 아닌 기술을 이용해, 로봇을 원격으로 조종하여, 수술을 신속하고 쉽게 진행하고 있다는 내용을 보았다.
특히 응급상황에서, 잠을 잘 수 없는 의사들의 피로를 줄이는 데, 도움을 준다는 점이, 나에게 큰 놀라움을 주었다.

의사 대신 로봇이 수술을 한다니 말이다.

또한, 로봇수술이 한국에서 가장 주목받고 있다는 사실도 알게 되었다.

한국이 로봇수술 분야의 글로벌 리더라는 점에서 나는 두 배로 놀랐다.

과학이 이미 내가 생각했던 것만큼, 발전해서 과학의 산 정상에 오른 듯 한 기분이 들었다. 로봇수술 같은 것은, 이 기사를 읽기 전까지 한 번도 생각해 본 적이 없었다.

2009. 8. 1. 토.

난 배우는 디딤돌 책을 보고는 상당히 어려운 문제를 보았다.

끝내 풀긴 했는데, 꽤나 많은 시간이 걸렸다.

문제는, 시계에 숫자가 쓰여 있지 않다.

몇 시 몇 분인가?(이때, 분침과 시침이 이루는 각은 125도임)

나는 처음엔 시계가 똑바로 있는 줄 알았다.

그런데 10분 후에 분침이 큰 눈금을 가리키고, 이때 분침은 6°*10=60도만큼 가고, 시침이 0.5*10=5도만큼 간다는 것으로, 6은 10이 있어야 할 자리에, 12는 4가 있어야 할 자리에 있는 것이다. 비뚤어진 시계인 것이다.

생각 끝에 125도+60도-5도=180도를 이룰 때는, 6시밖에 없다고 생각하고는, 10분을 빼 5시 50분이라는 답을 얻었다.

2009. 8. 2. 일

방학생활에 빠져들면서 매일매일 줄넘기하는 것을 잊지 않았던 나.
그런데 8월 1일 토요일의 줄넘기로 인하여, 오늘은 어쩔 수 없이 줄넘기를 못 하게 됐다.
이야기는 이렇다. 나는 평소 줄넘기를 할 때, 100개를 넘으면 약간 지치고, 200개를 넘으면 꼭 금방이라도 걸릴 것 같다고, 아빠는 나에게 말씀하셨다.
그것은 내 자신도 알 수 있었다. 100개를 넘기는 순간 숨은 가빠진다.
따라서 나는 200~300개를 한 번에 넘기는 것은, 때때로 있는 일이지만, 드물지 아니한 게 아닌 줄넘기 횟수다. 매일매일 줄넘기를 하다 보니, 실력은 늘어나는 것 같았다. 기록은 252번이었다. 7월 말경에.
나는 어느 날 일부러 속도를 낮추어 하였더니 319번이라는 기록이 떴다.
나는 체력이 달려 걸리는 것은 아니고, 기는 있는데 몸이 비뚤어져, 줄을 이리저리 왔다가다 보니 금방 걸리게 되는 게 일상이다.
그런데, 7월 중순에 나는 줄넘기를 하는데 100개를 채 못 넘기었다.
저녁에 했기에 더운 것은 핑계가 되고 만다.
아빠는 그때 나를 보고 누구나 다 슬럼프가 있다고 했다.
그는, 실력이 매우 안 좋았다가 폭등한사람, 올라갔다 내려갔다 하는 사람, 잘나가다 떨어지고 다시 원기 회복한사람 등, 여러 유형을 알려주고는 “결과적으로는 올라간다.”고 하셨다.
그 말에 나는 다시 하기 시작했고, 다시 200~300개에서 머물게 되었다.
8월 1일은 달랐다. 나는 약간 빠른 적절한 속도로 했다. 그랬더니

200~300개가 돼도 전혀 숨 가쁘지 않았다. 400개, 500개, 600개까지 돌파하고는, 나는 용기를 얻어, 진이 빠지자 마지막 힘으로 775개라는 기록을 이룩해 내었다.

그 뒤 나는 물을 벌컥벌컥 마시고 잠이 들었다. 그날 밤, 잠은 잘 오는 것이었다. 그날, 모두 합쳐 1,114번을 했다. 왠지 믿기지가 않았다. 처음기록 252번의 3배 정도가 아닌가!

그때의 기쁨은 8월 1일 일요일, 2009년이었고, 그 날짜는 내가 살아있는 한 다시 돌아오지 않는다. 내가 죽어서라도 말이다.

기쁨은… 그 날짜일 뿐이었고, 나는 오늘 일어날 때, 왼쪽 다리가 매우 쑤셨다. 일어서기가 힘들었다.

물건을 잡고 일어서야 했다. 작은 충격에도 매우 아팠다. 줄넘기 1,114번의 후유증인가 보다.

2009. 8. 6. 일

항상 거듭 일기 주제로 쓴 CoS학원. 나는 월/목요일 둘 다 간다는 것을 알 것이다.
목요일 사고력 날 3명이서 했었고, 그 세 명은 서로서로 쌀쌀맞았다.
서로 말하기를 꺼려했고 서로 무언가를 '하자'고 말할 엄두도 못 내봤다.
디딤돌을 하기 전, 사고력은 사실 월요일 날 했었다. 그러나 디딤돌과 사고력이 겹쳤다. 같은 시각에 말이다. 사고력은 파묻혔고 그날 나는 8명이서 디딤돌을 하고, 나는 나머지 2명에게 한 단계 뒤처졌다.
나 한 명을 위해 2명이 다시 똑같은 강의를 듣는 것은 말도 안 되는 일이다.
그런데도 나는 평소에 하던 방으로 몸이 내몰려 갔다. 처음 디딤돌을 할 때, 상당히 괜찮다고 생각했다. 사고력보단 훨씬 더 재치 있는 아이들이 많다. 그중의 한 명이 바로 새 사고력에 온 것이다.
한 단계 뒤처진 나..., 그래서 앞으로 사고력은 목요일 5시에 오라고 하셨다.
그래서 새 사고력 방에 왔고 이미 친구 관계인 듯이 서로 속삭이고 웃고 있었다.
혼자서 왠지 고독을 약간 느꼈다. 그 디딤돌 아이가 오기 전까지는....
처음의 두 아이는 거의 없는 것처럼 느껴졌다.
선생님이 물어보는 공통 질문에만 대답을 하고, 읽으라는 부분을 읽는 게 다였다.

나와 재치 있는 디딤돌 아이가 체계화적인 질문에 사고력적인 대답을 많이 했다.

물론 두 번째 아이도 대답을 꽤 잘해 주었다.

그래도 1번째 아이는 도저히 응용문제를 대답하지 않았다.

그래도 첫 수업 첫 테마니까 용어들이 생소하고 그 아이는 사고력 수업을 너무 쉽게 본 듯하다. 하기야 나는 디딤돌도 같이 하고, 평소에 수학책을 많이 읽고 좋아하는 과목이 수학이며, 아빠가 어렵다고 단단히 충고를 해 주어 별 어려울 게 못 됐다. 게다가 나는 단지 한 단계 뒤처졌던 터라, 이미 다 배운 내용이었다.

다음 시간 솔레테르까지는 배운 데라 어려운 곳이 못 될 듯하다.

2009. 8. 8. 토.

아빠가 나와 항상 붙어 있듯이, 그러면서 나는 당연히 아빠를 살펴본다.

한여름이어도 아빠가 회사에서 돌아오시면 달려가 붙는다.

엄마는 더울 만도 하겠다는 말을 자주 하셨으나, 더우면 어쨌나 땀이 나는 것은 참을 수야 있다.

그러나, 모두가 그렇듯 덥지 않아도 습도가 높으면 참지를 못하고, 만사가 다 귀찮아지고, 약간이라도 신경에 거슬리면 분이 차오른다.

어느 날 한번 쌓이고 쌓여서 끝까지 가는 날이면… 10초 동안만 분을 과하게 푼다.

그처럼 나는 습도가 높으면 더운게 싫은 것이지, 그냥 '덥다'면 걱정할 이유가 없다.
그래서 아빠께 달라붙고, 아빠는 나를 떼어 내기가 힘이 들었다.
따라서 엄마가 '더움'에 관한 것 뭐라 든, 상관하지 않는다.
나는 습도 높을 때 쌓이고, 대부분은 참기 때문이다.
분이 한 날 턱에 있으면, 다음 날에는 무릎에 있을 것이다.
그런데 아빠는 습도가 높나, 그냥 덥나, 둘 다 싫은가보다.
그래서 붙는 건 거의 거부한다. 더울 때….
물론 발견한 지 매우 오래되었다.
아빠의 팔 상박골에 어깨길 따라서 내려오는 길에, '부어오르지 않은 부풍'의 성질의 분화구처럼 겉이 파였고, 속이 단단하게 굳은 듯 보였고, 물론 보기에 좋지 못하다. 흉하다고 해야 하겠다.
내가 그것에 대해 물어보았을 때 아빠는 옛날이야기로 빠져들었다.
어렸을 때 아프지 말라고 놓는, 상박골 쪽에 놓는 아픈, 그 나이로는 아픈 불 주사 이야기….
그 나이에 놓았는데, 지금까지도 크게 또 명백히 보이는 정도라면, 도대체 '어떤 느낌일까, 또 얼마나 그 느낌이 지속되고 심할까' 라는 의문을 가졌다.
아빠는 이런 것은 평생 간댔다.
평생 가는데, 얼마나 독한 주사면 그렇게 평생을 가나.
그때는 나름의 독감이 있었다고 상상했다.
치명적인, 급성 독감 질환….
그러지 않고서야 그 상징이 평생 갈까?

2009. 8. 9. 일

이 훌륭한 마케팅 계획들에 대해 이야기하자면,

1. 백화점 쇼핑 카트에 대한 사실
2. 화장실이 1층에 없는 이유
3. 시계가 1층에 없는 이유

(쇼핑 카트) 백화점에 가서 돈을 쓰려고 할 때, 쇼핑 카트가 문제가 될 수 있다. 큰 카트는 뭔가 부족한 느낌을 주게 하고, 이것이 전략이다.
카트가 커서 원하는 방향으로 가기 힘들 때가 있다.
그래서 다른 방향에서 물건들을 보고, '30% 세일', '50% 세일', '70% 세일', 결국 여러 가지를 사게 된다.

(화장실) 화장실이 1층에 있으면, 그냥 가서 볼일을 보고 끝낼 수 있다.
그런데 3층이나 4층에 있으면, 사람들은 더 많이 돌아다니게 된다.
에스컬레이터가 느리기 때문에, 가는 동안 많은 것을 보고, 길을 잃거나 당황하게 된다. 그러다 보니 세일도보고, 다양한 것을 사게 된다.

(시계) 시계가 1층에 있으면, 시간을 보고 "저녁시간이다.", "드라마시간이다.", "영화시간이다." 하고 떠날 수 있다.
그런데 시계가 4층이나 5층에 있으면, 사람들이 에스컬레이터를 타고 올라가면서, 느리기 때문에 주위를 둘러보게 된다.

그래서 세일도보고, 다양한 물건들을 사게 된다.
시계를 보고 나면, 시간이 촉박해져서, 다시 에스컬레이터를 타고 내려가면서, 또 세일도보고 여러 가지를 사게 된다. 쇼핑할 때 조심하자.

2009. 8. 10. 월.

오늘 아침에 '경제 이야기'라는 책을 읽었다. 거기에 '돈'이란 것의 이용 5가지는 '소득, 소비, 저축, 투자, 기부'가 있다.
그중에서 '소비, 저축, 투자, 기부'를 알아보면, '소비'는 자기가 원하는 것을 사는 것, '저축'은 돈을 모으고 모아 자기가 사고 싶은 것의 목표 달성이고, '투자'는 미래, 먼 미래를 위한 돈이며, '기부'는 불우들을 위한 돈이다. 소비, 저축, 투자, 기부 모두 매우 중요한 경제 활동이다.
책에서는 '네 개의 구멍을 가진 저금통'이라고 생각하랬다.
각 방이 있어 각각 소비를 위한 방, 저축을 위한 방, 투자를 위한 방, 기부를 위한 방이 있다. 모두가 중요하나, 나는 투자 60%, 기부 30%, 저축 5%, 소비 5%가량을 할 것이다.
한 달 용돈은 1,200원으로 정했다. 1,000원은 모으고 모아 통장에 예금하는 '투자', 200원은 저금통을 따로 마련, 불우들을 위한 200원이다.
솔직히 나는 '투자' 75%, '기부' 25%라고 해야겠다.
소비는 학교에서 '사라'고 하지 않는 이상 하지 않을 것이다.
'투자와 기부', '투자와 기부'~
투자된 돈으로 나는… 내 주식회사의 주식을 올리고, 생활비 보태고,

보험금 보태고, 빚 갚고, 백은 없지만 삼성 못지않은 '㈜제연회사' 설립은 그림의 떡이겠지.
또 투자를 한 돈으로 살아가는, 즉 어른 때에는 비(율)은 바뀐다. 소비 50%, 소득 30%, 저축 0%, 투자 10%, 기부 10%로….
소득은 돈 버는 것이니까, 어른이 되면 당연히 들어가야 하는 돈 요소다. 또한 어른이니까 투자도 많이 하지는 못할 것이다. 저축은 할 여유가 없고, 커도 돕기는 해야 하기에 '기부'가 10%를 차지한 것이다.
물론 잘 모르는 경제생활이나 단지 상술만이 나의 지식, 그리고 경제를 알 때가 10~14세가 딱 좋단다. 나는 11살이니까 '경제'를 배워야 하는 것이다. 반 아이들도 말이다.

2009. 8. 11. 화.

벌써 4~5개월 동안 나는 4학년 친구들과 함께 지냈다. 처음으로 영어 일기를 썼던 날이 생각난다. 그 일기는 4학년 첫날에 대한 것이었다.
좋은 시간을 보내면 시간은 정말 빠르게 간다.
매일 매일이 즐거운 것만은 아니었다. 좋았던 날도 있었고 나빴던 날도 있었다. 누군가 "인생에 나쁜 날은 없었다."라고 말한다면, 나는 그 말을 믿지 않을 것이다.
만약 어떤 사람의 인생에 좋은 날만 있다면, 그건 인간의 인생이 아니다. 그리고 설령 그런 날이 있었다고 해도, 그 사람은 이 힘든 사회에서 살아남기 어려울 것이다.

결론은 '모두에게는 좋은 날과 나쁜 날이 있다'는 것이고, 그것은 정말 상식적이다. 나쁜 날을 제외하고, 올해 시간은 정말 빠르게 지나갔다. 곧 시간이 다시 빠르게 지나가고, 나는 4학년의 다음 단계인 5학년이 될 것이다.
내가 위에서 말한 시간의 흐름은 방학이 끝나는 것을 의미한다.

2009. 8. 12. 수.

물론, 여행도 뭣도 다녀온 나에게는 나머지 방학은 같은 일상이다.
그래서 물론 오늘도 어느 날이나 비슷한 날이다. 한 가지 빼고. 내가 거실 소파에 앉아 있을 때, 아빠는 창문 밖을 내다보고 계셨다.
그때, 아빠가 벌집이 있다는 것이었다.
내가 생각하는 벌집이 아니었다. 아기 손 주먹만 한 미완성 벌집이며, 호위하는 벌도 5마리뿐이었으며, 꿀을 채집하는 벌도 2~3마리뿐이었다. 벌은 상당한 크기였고 엄마는 그것을 처치하려고 부엌으로 갔다.
나는 벌꿀 생각을 했다. 물론 헛된 상상이나, 집 앞의 난간에 매달려 있는 벌집에서, 일방적으로 꿀을 채집한다는 것은, 사람들에게도 놀랍지 않을 수가 없다.
엄마가 가져온 것은 분무기, 벌들이 꿀을 채우느라 정신이 없을 때, 엄마는 분무기를 벌집에 뿌렸다. 분무기 안의 물의 위력은 대단했다.
한번 쏠 때마다 벌들이 뻗었다. 그러고는 벌들을 모두 처치했다.
하지만, 나는 벌 두 마리가 있다는 것을 알고 있었다. 이 벌 사망사건은, 벌 2마리가 꿀을 만들려고 나섰을 때 생긴 일이기 때문이다.

그때, 한 마리가 돌아왔다. 그런데, 벌집에 묻은 그 액체 때문인지, 그 벌은 매우 고통스러워하는 것 같았다. 사실, 더 많이 있었다.

2마리의 벌이 또 쪼르르 날아왔고, 왔던 벌들은 좀 우물 쭈물거리는 듯 싶다가, 꿀을 채워 넣는 것같이 벌집에 내려앉았다. 이걸 본 엄마는, 다시 모든 벌들을 박살내고 벌집을 아예 떼어서 버렸다.

그 액체만 아니었으면 꿀을 조금 얻었는데….

그 뒤, 하늘은 어두워졌고, 소나기가 내렸다. 나는 방에 있다가 밖을 보았다.웬 벌이 벌집이 있었던 정확한 자리를 더듬거리고 있었다.

그 벌에게는, 늦게 와서 비극이었지만, 빨리 왔어도 비극이었을 것이다.

엄마의 그 분무기에 박살이 났을 것이기 때문이다.

박살이나, 외톨이나, 오래 가지도 못할 생명이….

나는 그 벌들에게 유감을 느꼈다.

시골 쪽에 했더라면 박살도 외톨이도 없었을 터….

2009. 8. 17. 월.

사람들은 많이 유행을 타기도 한다. 매년 아니면 2년 이상, 항상 유행은 바뀌고 바뀌고 바뀐다. 물론 그 해의 나름의 상징과 맞는, 사람들의 그 '유행'은 계속 호감이어서 길게 가기도 한다.
그러나 결국 물러가는 유행, 모든 것은 질리기 마련이고 바뀌는 것은 당연하다. 하지만, '유행'을 여기서 정확히 해 보자면, 이 유행은 절대로 질리지 않다. 그런 유행이 있냐고 생각하는 사람들이 대부분이겠지만, 알아채는 통찰력이 강한 사람들도 있을 것이다.
처음부터 시작하면, 유행은 바뀌기 마련이다.
모든 유행은 질린다. 그러나 어떤 유행은 질리지 않는다. 참 신기한 유행이다. 어느 해 반장갑을 끼는 게 유행이었다면, 그것은 나름대로 인기가 좋았고, 60~80%가 그 유행을 탔다고 해도, 1년, 2년 후반쯤에 한패의 사람들이 머리를 기르고 다닌다면, 반 장갑 유행을 하는 사람들이 40~50%쯤 있을 것이나,
또 머리 기르는 유행이 빈자리를 채우는 등, '유행'이란 것은 인기가 좋아도, 다른 행동이나 모습이 멋있을 경우, 금방 식어버리는 것이다.
물론 '새로운 유행'이란 게 '최근의 유행'보다 덜 인기가 있을 수도 있다.
사람들은 항상 새로운 것을 즐긴다. 나도 예외는 아니다.
이 모든 유행을 합쳐 봐도, 식용유와 물처럼 둘이서 합칠 수 없고, 하는 수 없이 둘로 나눠야 하는 두 가지의 유행이 있다. 둘다 인기를 끌거나 못끈다. 당연히, 둘 다 인기를 끌지 못하거나 끌 것이다.
그러므로 통찰력이 좋으면, 위 두 문장에서 이 점을 알아낼 수 있을 것

이다. “따라서 둘 중 하나는 인기를 끌고, 또 다른 하나는 결코 인기를 끌 수 없다 ! *”
여기저기에서 두 유행은 쏘다니며 사람들의 관심을 끈다. 그러나 하나는 ‘안 좋은 유행’이니 사람들의 관심을 끄는 것일 수도 있다.
‘안 좋은 유행’ 중에는 대표적인 2가지가 있고, 둘 다 오늘날이다. 신종플루와 A형 간염이다.
‘*’ 표시가 끝에 있는 문장까지만 읽고, 신플, A형간염이라는 걸 알았으면 통찰력이 엄청나다.

2009. 8. 18. 일

이 일기 페이지가 거의 다 쓰여 간 줄 몰랐다.
이 페이지가 비어 있을 때, 뒤쪽 페이지가 잘 보였다.
박스 안의 숫자들이 보였고, 그것이 수학에 관한 것이라는 걸 알 수 있었다. 자세히 보니, 2부터 19까지의 곱셈표가 있었다. 나는 2, 3, 4, 5, 6, 7, 8, 9, 10, 11을 알고 있다. 페이지의 두께를 느끼면서, 다음에는 일기를 쓸 수 있는 페이지 하나만 남았다는 걸 알았다.
그리고 나서는 일기를 바꿔야 한다. 이 일기 특별하지는 않았지만, 많은 일기 중에서 이 일기이 더 친근하고 기억에 남는다. 아마 처음에 느꼈던 은은한 냄새가 좋았기 때문일 것이다. 하지만 지금은 이 일기에서 쓸 페이지가 하나만 남았기 때문에 그런 은은한 냄새를 느낄 수 없다.
모든 것이 오래되어 간다. (*일기⇒일기장)

2009. 8. 20. 목.

한국, 중국, 일본, 동양의 매우 다른 세 나라.
이 세 나라에 각각 나타내는 한자가 있다고 한다.
한국: 忠, 중국: 一, 일본: 和,
한국은 많고 많은 왜적에게 공격을 받았고, 한국 정부도 백성을 사수하려고 했으나, 큰 왜적이 왔을 때 정권을 더 중요시 여겼으니,
높은 사람에게 충성을 다하는 것이 일이었으며, 그 한자가 '忠'이다.
중국은 매우 큰 나라이고, 따라서 인구도 주로 많았으며, 각각 사람들이 "내가 왕이다."라고 했고,
그 문제는 절대 불변 원칙으로 '중국은 하나'라는 말이었으며, 이를 거부하면 전쟁반역을 뜻했으며, 그 한자는 '一'이었다.
일본은 섬이다. 섬은 4면이 바다니 도망가고 싶어도 섬은 벗어날 수 없다. 그러면 섬 안의 싸움은 곧 자기들만 망하는 것이니, '절대로 싸우면 안 된다'는 한자 '和'가 일본의 대표글자인 것이다.
중국은 대륙이고, 한국은 반도이며, 일본은 섬나라이라는 지리적 영향이 컸겠지만, 동양의 세 나라는 심지어 젓가락의 길이조차 다르다.
중국은 기름으로 볶은 음식을 먹었으므로 길이가 긴 것이고, 한국은 고기가 드물어 적은 고기로 많은 양을 만들 수 있는 '탕'을 먹었는데, 이럴 때 숟가락이 필요했고, 젓가락은 숟가락의 '보조 도구'니까 길 필요가 없다.
일본은 쌀이 귀해 조, 수수 같은 잡곡으로 밥을 지어 먹었는데, 이들은 점성이 약했고, 밥그릇을 입에 대고 젓가락으로 쓸어 넣어 먹었다.

그러므로 젓가락은 짧아야 했던 것이다.

매우 다른 동양의 세 나라는 충격적이게도 잠을 잘 때도 매우 다른 곳에서 잔다.

중국⇒ 침대, 한국⇒ 온돌, 일본⇒ 다다미.

2009. 8. 24. 월.

8월 2일 일요일 일기로부터 많은 날들이 지나고, 그날은 첫째 이 일기장의 일기이자 오늘의 일기와 동등한 주제이다.

사실 그 일기는 이제 나의 권력에 무너진다. 아니, 이 일기의 권력에 무너진다.

이 일은 이 일기를 쓰는 이 날보다 훨씬 며칠 전에 일어난 일이나, 영어일기와 '주제'라는 것 때문에 지금까지 밀려왔다.

이것은 위대하더라도 영화 '국가대표'나 김 대중 전 대통령 조문보다는 덜 위대하기 때문.

어쨌든 이것 역시 줄넘기에 관한 일기 일 뿐이고, 그러나 더 강한 명예를 잡는다.

그날 나는 줄넘기의 기록 775개를 대단히 여겼다.

그날이 총 내가 최초로 합해서 1,100개를 넘겼고, 그 뒤에도 나는 그것을 자랑스리 여겼다.

합하여 1,200개를 하는 날 전까지는….

그날도 어떤 날과도 다름없는 날이었다.

물론 이 모든 일기의 내용은, 아주 짧게 줄여 '방학 생활'의 2번째 장에 줄넘기 기록들이 남아 있다.

775개를 기록으로 한 후, 나는 다리의 심한 후유증에 며칠 동안이나 시달려야 했고, 그다음 날 나는 줄넘기 1개도 하지 못하고 일어서기도 힘들 정도였다.

그날은 달랐다. 아무런 후유증 남김없이, 벌벌 떨며 빨건 얼굴에 땀으로 젖었으며, 가쁜 숨을 몰아쉬며, 815개라는 엄청난 줄넘기 횟수를 이룩해 내었다. 나는 내 자신이 매우 자랑스러웠다.

며칠 후, 어느 평범한 날, 나는 줄넘기를 하였다.

나는 그 기록이 초등학교 4학년 동안에는 815번이 계속기록일 것 같았다. 그리고 시작했다. 100~개, 200~개….

걸리~지 않고 웬일로 500개까지 갔다.

그 정도는 기본이다. 그날, 쓰러질듯 한 얼굴로 기록 1,000개.

최초 네 자릿수.

2009. 8. 27. 목.

이날, 엄마는 심심하느냐고 물었고, 나는 아무 생각 없이 '예'라고 했다. 그러더니 갑자기 엄마는 따라오랬고, 옷을 입으라고 했다.

갑자기 말했던 이유로 천천히 옷을 입고 따라 나갔다.

걸어갔으므로 비교적 가까운 거리이고, '대리점'에 간다는 이유로 거기에 아주 짧은 시간 동안 있으리라 짐작하였고, 그것은 정확하였다.

짧게, 전직 교사였던, 초등학교 전직 교사였던 나의 삼촌은 컬러와 흑백 잉크를 쓰라고 보내 주셨다. 마침 잉크가 모두 바닥났던 판이라 잉크가 필요하던 참이었다.
우리 집 프린터가 받은 잉크와 '같느냐'만이 문제였다. 마침내 삼성에 도달, 3개의 잉크 중에 맞는 잉크가 있느냐를 물어보았다.
거기의 직원은 한 종이를 주더니, 확인해 보라고 했다. 다행히, 아무런 손해 없이, 셋 중 하나는 사용 가능이라고 했다.
정확히 잉크와 프린터기가 맞춰진 것이다.
컬러, 흑백 모두 바닥났던 판이었으나, 컬러는 거의 쓸모가 없고, 흑백으로도 거의 모든 것을 표현할 수 있으니, 그것도 좋은 수익이었다.
집에 돌아가며, 엄마는 2개의 남은, 쓸 수 없는 잉크는, 맞는 프린터기의 소유자 댁에 준다고 했다.
먼저 집에 가기 전에, 엄마는 엄마 친구를 만났다. 그리고 살 것을 사고는(엄마 친구는 가게를 여신다) 그 잉크 이야기를 꺼냈다.
댁은 프린터기가 없다고 했다. 그리고, 앞집은 또 전자파 오븐이 없다.
그러나 이들은 우리에겐 다 있다.
내 반 친구들 댁은 내가 지금까지 가 본 집 중에서 더 넓은 집에서 살고 있다.
그래서 나는 우리 집이 '낮은 편'이라고 생각했다.
그러나 이후, 나는 우리 집은 낮은 편은 아니라고 생각했다.
잘사는 사람도, 못사는 사람도 아닌 '중립' 같은 셈이다.
'중소득 댁'인 것이다.

2009. 8. 31. 월.

맞았다. 도전 정신이란 게 목숨도 아깝지 않은 사람들이 있는가 하면, 소심하여 새로운 것을 접하지 못하는 사람들도 있다.
원래 성격이란 게 어쩔 수 없고, 선천적 마음가짐이나 행동이고, 확 바꾸기 힘들며 개개인의 '특징'이다. 그래서 도전정신이 좋은 사람들을 칭찬만 하거나, 소심한 사람들은 구박만 할 게 아니다.
또 도전정신에 관한 것도 아니다. 성격도 성격이지만 그보다 더 대범함에 영향을 끼치는 게, 혈액의 4가지 종류, 혈액형이다.
O형들은 '도전'이란 단어를 좋아한다. A형은 반대라고 할 수 있다. 말했듯 나는 칭찬도 구박도 안 한다. 그러나 내가 A형이라고 그럴 이유는 없다. 내가 아니더라도 그럴 이유는 없다. 그것은 완전히 다른 주제다.
A형이라고, A형 본질이 피에서 나오는 경우는, 혈액을 제외하고 항체뿐!, 난 A형 항체가 없단다.
그러더라도, 나는 도전정신이 좋든 안 좋든, '도전'이란 단어를 좋아하든 안 좋아하든, '평등'이라고 생각할 것이다.
A형 본질이 아니더라도 말이다. 이것은 언급했다.
항체가 없으니 어째야 하나?
지금이야 감기로 지나가도 크면 엄청 아프댄다.
이거야 전 일기에서 주제로 썼다.
'유행'한다고, 그 단어가 20번 이상 나왔다. '유행'할 법도 하다.
한국인들이 원래 한 식탁에서 음식물을 같이 먹는 게 습관이 되어 버렸으니까.

내가 A형이어도, 아니어도 도전정신과는 상관없으니까. 병에 관한 거니까. A형 항체에 관련됐으니까. A형은 나니까.

항체는 없으니까. 그게 나니까.

A형간염이란 게 나올 테니까. 도전정신과는 전혀 상관없으니까. 간염 예방주사 맞았으니까.

첫 문장 세 글자가 뭣인지 알 것 수?

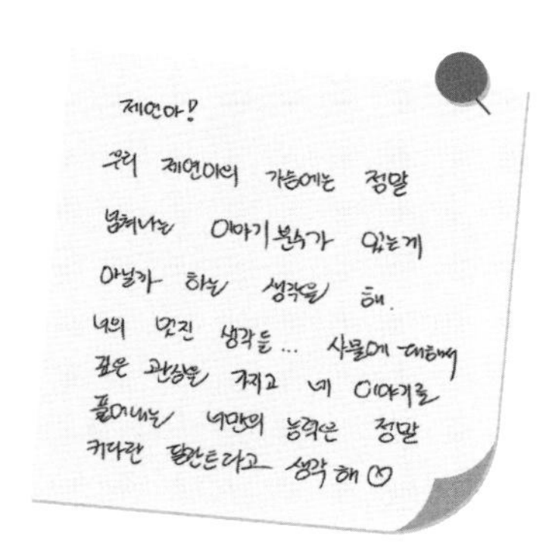

제연아!

우리 제연이의 가슴에는 정말
넘쳐나는 이야기 분수가 있는게
아닐까 하는 생각을 해.
너의 멋진 생각들... 사물에 대해
깊은 관심을 가지고 네 이야기를
풀어내는 너만의 능력은 정말
커다란 달란트라고 생각해 ♡

2009. 9. 15. 화.

물과 불이 상극인 것처럼, '극과 극' 차이인 두 물건은 많다.

사실상 물이 꼭 물이 되고 싶어 물인 게 아니고, 불이 불이고 싶어서인 게 아니다.

물을 이루는 요소들은 모두 불에 매우 잘 타지만 물이 되고 만다.

이 예에서처럼, 두 사람이 서로 딱딱 맞고 싶지 않아서가 아니다.

어쩔 수 없이 한 명이 못 하거나, 다 못 하거나, 아니면 서로 하기를 꺼려하기 때문에 멀어질 수밖에 없다.
불을 끄려면 제일먼저 물을 찾는다. 이러면서 불과 물은 더욱 멀게 느껴진다. 이처럼 한 사람은 다른 사람과 하기를 싫어하고, 두 사람관계는 멀어진다.
상극인 두 물건이 꼭 상극일 이유가 없다.
불은 태우지 않으면 된다. 물은 끄지 않으면 된다. 이러면 가깝지는 않더라도 덜 상극이 된다. 똑같다. 둘이 가깝게 되지 않을 운명이라면, 더 멀어질 이유도 없다.
그래서 두 사람이 서로 맞지 않는다고 해도, 제자리만 지키면 되는 것이다.
그런데 불은 가만히 있고 싶어도 점점 다른 곳에 옮겨 붙고, 물은 사용되며 다시 둘은 상극이 된다. 이것만은 어쩔 수 없다. 이때는, 불을 물 곁에 둔다.
이러면 불은 번짐이 막히고, 물은 불로부터 조금씩만 닿으니 태울 리도 없다.
생각으로는 이렇게 해결되나, 현실에서는 불을 물 곁에 두기는 어렵다.
그래서 불과 물은 '맞지 않는' 두 사람이라고 하면, 서로 멀지도 가깝지도 않은 사이를 서로 보완해 준다. 거기서 멈춘다. 욕심은 재난을 부른다.
만약 불이 더 번지면 물은 저항하고 결국은 둘 다에게 불이익이다.
아무리 맞지 않는 사람들이라도 멀게 떼어 놓을 이유는 없지 않을까?

2009. 9. 17. 목.

○○○에는 수학이나 과학책이 많다.
거기에, 최근 내가 약간 보았던 '수학게임 마술'이 있었다.
그 책에는 고정관념을 깨는 것이 나왔다.
윗몸일으키기를 2~200번까지 할 수 있다고 하고는 5번 한다.
5는 2~200번 사이에 있는 수이다 는 것….
마술은 아닌데 말을 잘해야 성공한다.
또 다른 신기한 마술… 자신의 생년월일을 거꾸로 한 것을, 큰 수에서 빼고 남은 숫자들을 모두 더한다.
그 두 자릿수를 다시 더한다. 9가 나왔나? 이렇게 신기한 것들은 모두 다 원리가 있다.
윗몸일으키기는 말만 잘하면 되니까, 두 번째는 잘은 모르겠는데 9가 3과 6이나 2와 7로 거의 나누어진다.
이 두 수들은 8자릿수, 8자릿수니까 적당히 8자릿수로 더하면, 그것은 36니까 27이 나온다. 정확한 것은 없다.
9가 신기한 수라고도 하고, 9는 불가사의한 숫자라고도 하는데, 9가 무엇 때문에 이리 의심을 받는가.
다른 숫자들은 특히 나쁜 의미는 없다. 9도 원래 그래야 한다.
'9번의 징크스'라고 그 누구도 '제10교향곡'을 만들지 못했다고는 하는데, 그것은 우연일 것이고 언제든지 멈추고 싶으면 멈추는 건데, 9에서 멈출 이유는 없다.
9도 중요한 숫자이고 따로 놀아서는 안 된다.

그렇게 되면 9는 귀찮게 8+1, 10-1로 표시하게 될 것이다.
여러 가지의 마술들…. 그리고 9….
이 둘은 어떤 연결하는 줄이 있을둥 말둥 모르게 한다.
언급했듯, 9도 숫자고 꼭 마술들과 관련 있을 필요 있나?

2009. 9. 23. 수.

참다운 개성을 만들려면, 자기에게 어울리고, 자기가 흥미로워하거나 좋아하는 것을 선택하여, '나다운' 것을 창조해야 한다.
많은 사람은 자기만의 개성을 잃어버린다.
왜일까? 한국인들은 "꼴찌는 면해야한다"라는 기본 의식이 있다.
그래서 그들은 혼자남고 싶지 않아한다.
이 뜻은 남들이 '2'를 외칠 때, '나'는 절대로 '2' 외의 숫자를 외치면 안 된다는 것이다. 물론 다른 나라인 들도 그런 의식은 있지만, 한국인들은 그보다 더해 '심할' 정도다.
그러니 만약 모든 사람들의 개성이 '네모'고, 자기 개성만 '세모'면, 자기는 꼭 '네모'로 고쳐야 한다는 것이다.
이처럼 남들이 하는 것을 나도 해야 한다는 한국인의 그 기질을 이기지 못한다.
이렇게 자기 개성을 잃게 하고 바뀌게 하는 행동이 퍼지는 것이 '유행'이다. 만약 유행이 좋으면 다 사람들이 따라하게 된다.
어떤 사람들의 개성엔 딱 맞을 수도 있겠지만, 모두를 위한 유행은 있을 수 없다.

유행의 유혹에 빠지면, 자기의 참다운 개성을 잃어버리고, 다시 자기의 그 모양을 되찾지 못한다.

만약 유행이 끝난다면? 그리고 다른 게 시작되면, 개성을 잃은 사람은, 또 새로운 유행에 어쩔 수 없이 찌들어야 한다.

이런 순환이 계속될수록 참다운 개성을 찾기란 더욱더 어려워지고 결국엔 0이 된다.

그러니까 유행에 빠지지 않으려면, 항상 준비를 하고, 자기의 개성을 잃지 않도록, 미리 자신에게 어울리는 물건을 한 2~3벌씩 골라 보관하면, 유행의 휩쓸려도 원한다면 자신의 참다운 개성으로 돌아갈 수 있을 것이다.

2009. 9. 28. 월.

'효도하라'는 말은 귀가 아플 정도로 많이 들었다.

그런데 그만큼 그 문장을 소홀히 들었다.

그렇게 많이나 들었으면서, '효'가 무엇이냐고 누군가가 물어보면 멈추고 만다.

그럼 '효'는 무엇인가?

효는 한자로 孝다. 밑에는 아들 자(子)가 한자 전체의 하중이 되어 받쳐주고 있다.

자식이 부모를 받치고 받들어야 한다는 느낌이 든다.

부모에게 효도하는 것은 말만 들어서만 끝날게 아니라, 아예 부모를 받들어야 참된 '효'라는 것이다.

거의 누구나 다 아는 이야기, '청개구리'. 청개구리는 어머니가 하라는데 반대로만 하다가, 어머니가 병들어죽자 그때 후회한다.

어차피 해야 할 것이고 기한이 있으면 지금 하는 것이 좋다.

공부는, 원한다면 거의 언제든 시간을 내서 할 수 있다.

그러나 효는 자기부모가 살아있을 때만 가능하다.

부모가 없으면, 孝의 하중인 아들 자(子)는 무엇을 받드는가?

물론 모든 생명은 죽기마련이고 언젠가는 나의 부모도 나도 죽는다.

그렇게 되어있다.

평소에 효를 많이 했으면 부모에게도 자식에게도 좋은 것이다.

그래야 덜 후회한다. 이제 그 '효도하라'는 것의 뜻은 풀렸다.

'평소에 부모님을 잘 받들어 돌아가셔도 한이 없도록 하라'는 것이다.

비만 오면 후회하던 그날을 떠올리는 청개구리와 한패가 되지 말고, '한'이라는 발자취를 남기지 않는 깨끗한 신발, 즉 '참된 효'라는 신발을 신고 받들어야 한다.

그런 효만이 바로 진짜 자식에게 받는, 보이지도 만져지지도 않는 '신비로운 것'인 것이다. 사실, '효'의 뜻은 풀리지 않았다.

단지 참된 부모와 자식지간만이 설명하지 못하지만 아는 것이다.

많이도 들었던 그 말, "있을 때 잘하라."

2009. 10. 4. 일

가기위해, 내려가기 위해 새벽 4시에 일과를 시작해야 했다.
사실, 3시30분, 4시까지 준비를 하려는데, 아빠와 나를 제외한 2명이 너무 느려 시작부터 계획이 약간 뒤틀렸다.
분주한 동네를 벗어나, 고속도로에 진입해 최고 시속 120km까지 달리며 일로까지 질주했다.
텅 빈 거리, 싸늘한 밤길, 그사이에도 밝게 필요 없이 쏟아져 내리는 가로등의 빛들, 그런 거리를 신나게 질주하는 것은 왠지 신비롭게 느껴졌다.
그러기를 약 1시간, 일로에 도착했고, 제사를 지냈으나 쏟아지는 하품은 다룰 수가 없다.
6시, 날이 샜다. 더 이상 새벽의 '어제'가 아니다.
일로선 산소를 갔다 오고, 빈둥빈둥 어영구영 굴러다니면서 파리를 후려 채고, 강아지를 좀 쓰다듬고 끝났다.
11시 되어갈 때쯤, 목포로 출발했다. 도착하자, 힘겨운 길을 걷는다.
목포 집 거리엔 경사가 엄청나다.
비나 눈이 내리면 운전자들이 페달을 아무리 밟아도, 차는 후진하고, 타이어는 고정 상태일 것으로 오고 가기가 힘겨울 듯 심하다.
그런 길을 오르고 오르고 올라 운동기구가 있는 곳으로 왔다.
거기에는 각종기구가 있어 '야외 헬스장'보다는 못해도 실내에 있는 것보단 훨씬 낫다.
집안 문턱에는 여러 사람 신발냄새에 끔찍하다.

목포선 한 3:15분까지 시간을 보냈다.

내가 그날 5시에 자서 저녁도 안 먹고, 다음 날 9시에 일어난 걸 보면 얼마나 피곤했고, 얼마나 알찼는지 알 수 있다.

사실, 집으로 올 때, 차가 막혀 엄마와 아빠가 애를 태울 때 난 곤히 잠들고 있었다. 이거 쓰느라 잠 다 갔다.

2009. 10. 15. 목.

(훨씬 전에 있었던 일이나 많은 주제에 밀렸다.)

○○대학교 잔치에 가 보기로 했다. 차를 타고 달려서 도착하자, 웬 노랫소리에 어디선가 요란하게 들려왔다. 그쪽으로는 꽤나 멀었다.

횡단보도를 건너 도착에 가까워질수록 그 소리는 더욱 요란해졌다.

앞에는 큰 무대에, 파라솔 밑에는 많은 탁자와 의자들이 있고, 많은 대학생들이 있었다. 무대에선 장기자랑을 하고 있었으나, 별로 큰 관심은 받지 못하는 것 같았다. 좀 보려했는데 시간도 늦었을 뿐 더러 냄새가 독했다.

그리고 너무 시간을 끌어, 내가 본때는 그냥 학생 몇 명이 무대 위에 올라오는 것뿐이었다.

학생들은 소주니, 막걸리에 취해 시끄럽게 목소리를 높여 이야기 하고 있었고, 담배도 피는 학생들, 그리고 그들은 서로 ○을 퍼붓고 있었다.

담배, 술, 탄내, 잡내 등이 섞여 좋지 않은 냄새를 만들었다. 그래서 다른 곳으로 올라갔다. 그러나 거기에는 시끄러운 음악도, 그런 냄새도, ○도 없었다.

단지 널려져 있는 술병들, 더러운 거리에, 식탁 위에는 음식들이 남겨진 채 텅 비어 있고, 몇 명은 그것을 치우고 있었다. 잔치가 끝나 있었던 것이다.

볼게 없어 다시 돌아갔다. 잔치라고, 나는 별로 즐거움을 느끼지는 않았다.

집에 가기 전에, 운동장에서 조금 운동했다. 거기에는 축구장, 농구장, 하키장, 달리기 트랙 … 등.
넓은 운동장들이 붙어 있어 한 바퀴 도는 데 매우 오래 걸렸다. 돌아올 때는 10시가 넘었다. 졸려서 할 일 하고 곯아떨어졌다.

2009. 10. 20. 화.

몇 년 전에, 알려주지는 않을 어떤 친구가 있었는데, 그 친구에게 연필을 빌려 달라고 좀 했더니 말이 없어, 다시 한 번 물었더니 안 된다니 포기하고 갔다.
다른 애들도 묻기가 그래, 마지막으로 물었더니 성내며 안 된 댄다.
결국 나는 굴러다니는 연필을 썼다.
그때 일은 잊어버렸을 무렵, 그 친구와 내가 짝이 되고, 그 친구가 필기도구가 없었다. 처음에는 연필을 깎으려고 몰래 가더니 들켰다.
나는 주 욱 보고 있었다. 그러나 나한테 빌려 달란 말은 전혀 없었다.
찔리는가?
하다못해…, 나한테 물어보았다. 말은 없었다.
그 애가 다시 물었다. 안 된다고 하였다.
"제발" 안 된다고 하였다.
"제발" 안 된다니까. 귀찮았다.
"제발" 선생님이 불러 주는 것을 받아 적기만 하였다.
"제발" 시끄럽다고 했다. 그러자 불쌍한 척하며
"제발" 정말 필사적이었다. 그 애도 포기하였다…. 그런데 몇 분 후에,

"제발" 그 목소리가 듣기 싫어 연필 하나 던져 주었다.

"긴 거" 바꿔 주었다.

그런데 그 연필이 부러졌다.

그랬더니 나한테 던지면서 "딴 거" 무시하였다. 그 목소리 때문에 쓸 게 많이 밀렸었다.

이놈, 내 필통 가져가는 거 봐라. 제일 긴 거 뽑는 것 봐라. 필통 던져 주는 거 봐라. 자신의 이익을 위하여 모든 것 다 하는 그 누군가….

우리 반은 아니다. 어떤 한 학원에서 있었다. 복수하지. 할 때 학원을 그만두었다.

엄마는 학원 필통에 연필 5자루를 가지고 다니랬다.

학원 마지막 날, 집에 돌아오니 긴 게 없더라.

4자루. 나도 성낼 걸 그랬다.

연필 하나 뽀가서 긴 거 뽑아 갈 수 있으면…. 있을까?

2009. 11. 3. 화.

항상 그렇듯이 내 자리에 들어가 잠을 자려고 했다. 어제나 그제나 그저께나 다 오늘과 다를 것 없는 조건이었는데, 유득이 잠이 오지를 않는다.

최근에는 약간 불면증이 있어 잘 때는 단잠, 못 잘 때 아예 자지 못한다. 그래도 밤을 새운 적은 없다. 안 그래도 일찍 자는 건데, 계속 잠이 오질 않자 잠시 있다 자기로 했다… 는 게 자정까지 간다.

늦은 한밤중이 되어 잠을 다시 청했고 곧 거실 불은 꺼졌다.
나는 얼마 동안이나 눈을 뜨고 멍하고 있었다. 그런 때가 많다.
제대로 눈 감고 자려해도 오늘은 아무래도 못 자는 날인가….
그래도 다시 자리를 옮겨 자려고 했다.
눈을 꽉 감고 가만히 오랫동안 멍하고 있었다.
잠은 도저히 오질 않는다.
거실로 나갔다. 시계를 보니 1시, 이제 내일이 오늘이 되었다. 오늘은 어제가 되었고 거실에서 내가 무엇을 했는지 나도 모른다.
잠은 좀 오긴 오는데 단잠을 취할 만큼은 아니다.
고생 끝에 낙이 있다고 해야 하나. 드디어 잠이 빠지게 되었다.
나는 그래도 다행이라고 생각하였다.
사방이 조용하고 소리가 없었다.
이제, 다시 아침에 일어나서 평상시와 같이 학교 준비를 하기 시작한다. 약간 이상한 점이 발각되었다.
그날 잠을 제대로 못 잔 듯이 오전 하루 종일 졸렸다.
그러나 거기에 엇갈리는 의견, 장소가 다르다.
잘 때는 침대 옆에서, 아늑한 공간이다. 너비와 길이가 딱 맞는다. 그리고 일어날 때는 반대편 방에서….
발바닥에 물감을 묻혀 놓아야 할 것 같다.
누가 했는지 모른다. 아니면, 내 생각 자체가 아닌 것일 수도 있다.

2009. 11. 10. 화.

하루하루가 너무나 같은 일생. 일어나 학교 갔다 와서, 집에 있다 자는 것뿐이고, 그것이 순환된다는 것뿐이다.
이렇게 같을 수밖에 없는 이유들은 물론 있다.
일단, 하루가 다르면 특별한 행사나 사건이 있어야 하는데, 내가 지금으로서 할 수 있는 행사는 했거나 사고가 된다.
순간이거나 오랫동안 지속되는 것도 거의 다 하였다.
사건이 없더라도 갈 곳이 있으면, 특별한 일을 기억으로 남겨둘 수 있다.
그러나 지금까지는, 항상 엄마도 아빠도 나중에 커서 간다고 하고, 지금도 미루고 미루고, 아니면 주제를 바꿔 버리거나 한다.
지난 몇 년 동안 이 전남 안에 박혀 같은 삶을 산다.
사실 전남 방방곡곡도 가지 않았다. 조금멀리 가 본 적은 딱 한번, 비행기를 타고 지하철 10번 타고 서울에 갔을 때이다. 또, 시간이 있어야 한다.
평일에는 시간표에 눌려 '특별한' 것을 만들기 어렵다. 주말에는 시간이 있긴 하다.
문제는 기회가 없다. 건 잡아보면 이렇다고 안 된다고, 저렇다고 안 된다고 하여, 기회도 없어 특별한 일을 만들기 어렵다.
마지막으로 있어도 없다. 요즘 특별한 일이란 건, 시험이나 평가 같은, '일기에 옮겨 쓰기 어려운' 것들이어서, 물론 있어도 있는 게 아니라고 해도 괜찮을 것이다.
이렇게 일기장 채우는 것도 특별한 일이 없어서이다. 쓰기 싫어서 쓰는 것이다.

꼭 꽉 채울 일 없어도 앞에서 계속 그랬으니까, 하루가 다 같은 생활이기에, '오늘' '나는' '무엇을' '하였다'로 문장 시작 못해도 어쩔 수 없는 것이다.

2009. 11. 12. 목.

이 많은 세상에는 가난한 나라와 그렇지 않은 나라가 있다.
왜 가난한 나라가 있는지 생각했다. '가' 나라가 자연적인 나라고, '나' 나라가 공업기술을 갖췄으면, '나'는 '가'에 탐험가를 보내고 종교를 주어 친구처럼 하면 된다. '나'는 진귀한 물건을 비싸게 팔고 원료를 헐값으로 산다.
'가'는 '나'와 관계를 끊으려고 하나, '나'는 군대로 하나둘씩 일에 간섭하고, 합병을 한 뒤, 임금이 몇 배인 공장을 세우고, '나' 나라들이 이제 '가'를 독립시킨다.
'가'는 공장을 몰라 할 것도 없어, '나'가 사죄금을 주어도 그것은 매우 적어 '가' 나라에 도움이 안 된다.
드디어 '나'는 돈을 빌려주고 비싼 이자에 건다. 조건으로 '나' 나라와만 장사할 수 있다는 조건이나….
'가' 같은 나라가 많아서 서로 물건을 팔려고 값을 내리고 이자까지 겹친다.
'가'가 일을 해도 해도 '나'만 좋은 것이다.

빚은 늘어 '나'는 이제 '가' 나라 정치에도 간섭하고, '가'는 '나' 물건을 삼으로써 계속 '나'를 돈 벌게 하는 것이다.
팔려면 내려야 하는데 임금이 낮으면 근로자들은 폭동을 일으킨다.
시작부터 돈을 빌리지 않으면 살 수 있는 것인데, 빌리면 빚은 곧 너무 늘고, 그래도 갚아야 하니 수출은 해야 되는데, 다른 경쟁나라가 있어 내려야 하고, 그러면 손해인데 거기에 또 빚이 붙게 되면, 국민들이 더 가난을 느끼게 되며, 임금은 낮아지고….
많은 강대국들이 이런 일을 하였다고 한다.
우리나라도 이와 같은 역사를 가지고 있는데 다른 많은 나라들도 이런 식이었다고 한다.
'가' 나라가 가난한 까닭이 못나거나 게을러서가 아니라, '나' 같은 나라가 착취하여 가난해지는 것이다.
세상에는 '나' 같은 나라는 없어야 하고, 이는 다른 모둠이나 생활에서도, 크든 작든 불공평을 주는 것이므로 존재해서는 안 된다.

2009. 11. 24. 화.

어느 날 나는 할 것을 하고 옷을 바지 속으로 집어넣었다.

바지 속에 박힌 고무줄이 갑자기 땅으로 꺼졌나, 하늘로 솟았나, 하여 얇아지며 헐렁해지는 것을 확연히 느낄 수 있었다.

참담하였다.

그날은 그래도 응급처치를 할 수 있었다.

당시에 느꼈던 그 참담함을 아는지 모르는지, 집에 와 엄마가 해준 건, 다 해서 고무줄을 두껍게 박아 놓은 것뿐이었다.

몇 주 동안 까맣게 잊고, 어느 날 다시 나온 옷을 박아 넣는데 고무줄이 얇아진다.

그만큼 바지가 커진다. 그날 역시 처치할 수 있었다.

집에 와서는, 엄마는 실을 바지 속에 박아 꿰매 놓고선, "절대 풀리지 않으리."라고 바지를 쫙 잡아 댕겨 보였다.

그 말은 믿음직스런 성조와 음정으로 인해 귀를 자극하고 난 믿게 되었다.

다음 날, 옷을 박아 넣었다. 갑자기 바지가 넓어진다.

내 손 5개만큼이나 들어갈 만큼의 공간이, 필요도 없이 넉넉해지고, 생각했다, 절대 풀리지 않을 것이라는 말은 사기 광고였을 뿐이라고.

일단 집에 가면 따지겠다고 생각했다. 그날, 응급처치 후에 엄마한테 커진 바지를 보였다.

엄마는 그 자리에서 바로 실을 다시 박는다.

엄마는, 어제는 한쪽만 박아 놓았다고, 지금은 둘 다 박을 것이라고 하였다.

그날 밤, 나는 실 박힌 바지를 내가 잡아 댕긴다.

이젠 진짜 풀리지 않을 것이다. 충분히 시험해 놓았고…, 엄마가 말하는 말에선 '절대'란 단어는 빼고 듣기로 하였다.

제연아! 1.20
이미 눈치 챘겠지만... ^^;;
선생님이 눈물이 나도록 웃게 한 건
우리 제연이의 일기가 처음이란다.
너의 '고난의 바지 일대기'를
함께 안타까워하지 못한 건,
우리 제연이의 위트 넘치는 글솜씨
때문이란 것을 ^^

2009. 11. 26. 목.

특별한 날이다.
11월 26일이 내가 11살이고 형들은 18, 20세니까, 우리 엄마와 아빠가 결혼한 지 20년째 되는 날이, 바로 오늘인 11월 26일인 것이다.
황홀스럽게 느껴졌다. 그래서 기념을 위해 요즘 형이 아르바이트하는 식당에서 외식하기로 하였다. 결혼 20년째라는 건, 곧 3형제가 여기까지 온 해이다. 내가 11살이 되었으니까 이 해가 온 게지. 나 아님 누가 20년째를 만들었겠나?
일단 차를 타고 약 5분 동안 가다가 도착하였다. 안에 들어섰을 땐 후끈하였다. 안에선 황급히 아르바이트생 가족이 오자 주인이 와서 반겼다. 이곳이 바로 형이 돈 번 곳이다.
자리를 잡고, 초기 때 나오는 물이나 국, 반찬 등이 나왔다.
엄마 아빠는 진심인 듯이, 정말 좋은 곳인 듯이 행동했으나, 나는 그다지 다른 데와 다를 것 없는, 평범한 곳이라 생각했다.
사실, 별로 좋지 않았다. 국을 빨았다.
20년짼데, 고작 이런 데냐는 생각도 들었다. 물론 입 밖엔 내지 않았다.
기다리며 기다리며 나도 모를 무언가를 기다렸다. 그러면서 국을 빨았다.
생각에 푹 빠져, 그저 시간 가는 줄도 모르고, 자리에 착석하여 앞에 놓인 국을 더 빨고 더 빨아, 배가 불러 올 지경이었다.
생각한다. 21년째 될 때는 '이것보다 낫겠지.'라고.
그래도 막상 그날이 오면 '22년째는 이것보단 더 낫겠지'란 생각이 날지 누가 알까? '다 모르지. 그런 거지.' 하며 국을 더 빨았다.

2009. 12. 1. 화.

또 다른 겨울이 왔다. 겨울이면 항상 제일먼저 떠오르는 것은 눈일 것이다. 그다음은 '추운 것'일 것이다. 나도 그런게 제일 먼저 떠오른다.
나는 겨울을 좋아한다. 일단 겨울에는 할 것이 많다.
또한 겨울은 춥기 때문에 좋다. 일단 눈 한번 쌓이면 나는 활동에 들어간다. 주위 친구가 있으면 물론 더 좋다. 그러나 집 근방엔 친한 친구도, 친구도 없다.
집이 너무 가까운 탓이다. 뛰어서 5분, 뜀박질로 10분, 걸어서 15분, 차로 2분, 지나칠 정도로 가까우니 친구가 주위에 없을 만도 하다.
그래서 활동에 들어가도 혼자서는 별로 안 한다. 적어도 1명은 있어야 하는데, 아빠가 제일 적합하다. 요즘 문제가…
아빠도 나이가 들어 나가기를 싫어하게 되신다.
그래서 3학년이 된 후부턴 쌓이는 눈은 거추장스러운 것이 되어버렸다.
이제 겨울을 상징하는 것은 '추운 것',
겨울만 추운 게 아니다. 봄도 '꽃샘추위'가 있고, 가을도 늦가을은 겨울 못지않게 춥다.
또 나는 추위를 그렇게 타지 않기 때문에 '추운 것'도 상징하는 것이 어려운 듯하다.
나에게 이제 겨울은 단지 계절일 뿐이다. 4계절 중에서 하나. 이 방법만이 나에겐 겨울을 묘사하는 것이다. 그러나 봄, 여름, 가을도 계절이 아닌가?
그렇다면 겨울은 나에겐 '한 계절'이다.

2009. 12. 17. 목.

눈이 펄펄 내리던 날, 오전수업을 해 아이들이랑 놀았던 일이 기억난다. 모두 이런 기억은 하나둘씩 있을 것이다. 추워도 날아오는 눈덩이를 도로 돌려보내느라 손이 얼얼하건만, 기습의 뒤치기를 해 댄다.
눈을 조금만 더 만져도 동상이 걸릴 것 같아, 도망가려 하여도 너무 미끄러우니 누워 갈 수도 없고, 단지 장갑을 챙겨오지 않은 탓으로 돌리고 만다. 지푸라기 잡는 심정으로 앉아, 땅을 짚으며 슬금슬금 빠져나가는데, "튄다, 튄다." 라면서 놓아주질 않는다. 일단 장갑을 가져오기로 하고 교실로 튀었다.
그러고는 당당히 무장한 채로 보라는 듯이 자신을 내세운다. 비밀로 눈덩이들을 만들려고 가는데, 감각이 어찌나 예민한지 내가 어딜 가는지 알아챘다. 죽거나 살기로 주위에 있는 눈 긁어모아 마구 던지고….
예를들어 이런 추억들(이 뒤엔 기억이 잘 나질 않는다), 나는 눈이 올해 작년처럼 많이 오면 좋겠다. 눈이 쌓이면 물론 짜증나는 사람이 있다.(내가 바로 1일에 눈이 거추장스러운 것이 되어버렸다고 했지만, 오늘 갑자기 변심이 되었다). 그러나 그것과는 다르다. 얼마만큼 이냐면 내 키의 발목까지는 와야 한다.
그렇지 않으면 눈이 거추장스럽다. 눈이 요즘 그렇게까지 오진 않겠지만, 지성이면 감천이니, 계속 하늘에 대고 눈 내리라고 하면 반드시 올 것이다. 오늘 눈이 온 것도, 내가 올해 4학년 첫날부터 어제까지, 계속 눈 내려달라 해서 하늘이 감동하여 내린 것이다. 겨우 요거만 내렸다. 줄 거면 팍팍 내려야 하는데, 하늘은 너무 소심하다.

2009. 12. 22. 화.

1학년 때, 아빠는 회사에서 할 일이 많다보니 늦어야 했다.

하교 후에 아이들은 다 갔는데 나만 혼자 있어야 한다.

책도 읽고, 것도 질리면 밖에 나가도 보고, 심심함을 달래 보려는데, 그럴 길이 도무지 보이지 않는다.

2시가 되고 3시가 되도록 혼자만의 시간을 보내곤 했다.

그리고 4시가 되면 아빠가 와 집으로 데려다주곤 하셨다. 어떤 때는 5시까지도 남아야했다.

그래도, 어떤 때는 담임선생님이나 몇 친구가 2~3시까진 남아, 그때는 별로 심심하진 않다.

실제로 아빠가 왔는데 친구들과 놀려고 조금만 늦게 오라고 말하고도 했다. 가장 기억에 남았던 일도 그때 있었다.

남는 사람은 주로 인수여서 같이 놀 때가 많았다.

하는 것이라곤 별로 없지만은 같이 있는 것만으로도 좋았다.

아빠가 올 때까지 인수와 같이 한 적도 있었다.

나와 그는 타이어나 굴리면서도 웃고 했다.

그가 없었던 날에는, 교실에 들어가 책보다가, 아빠 오나 안 오나 실시간감시를 수시로 하고, 책까지도 재미없으면 굴러다니며 상상이나 해야 했다.

만약, 내가 다시 그때로 돌아간다면 나도 할일이 없을 것이다.

1학년의 내가 지금의 나보다 더 높은 것 같다.

2009. 12. 24. 목.

이번까지 내가 받았던 성탄절 선물들….

맨 처음엔 뽑기였다.

손잡이를 돌리면 위에서 과자가 떨어져 나온다.

그다음엔 마술 상자였다. 지금은 모두 다 잊고 잃었다.

내가 거기서 한 가지를 열심히 연습해, 가족들 앞 서 마술을 선보인 기억도 난다.

다음의 선물은 DVD 한 편, 별로 좋지도 않았다. 차라리 뽑기가 더 나았을 정도다.

그다음 3학년이니까 꽤 많이 기대해 볼 나이 중 하나다.

아침에 일어나보니 베개 위에 연필 한 다스, 처음엔 실망했으나 써보니 매우 고급이었다. 물론 지금은 몽당연필이 되어 버려진지 오래이다.

마지막, 오늘 아빠가 한 작은 포장된 통을 들고 와 '선물'이라고 하셨다.

포장도 비누, 크기도 비누, 무게도 비누, 비누 아닌가!

아빠가 요즘에 안 씻는다고 아빠도 인정했다.

그래도 뜯어보았다. 뜯어보니 비누향기는 없고 웬 플라스틱 갑이 있었다. 그건 투명해 안이 비쳐보였는데, 비누 같은 것은 보이지 않았다. 역시 아니었던 것이다.

완전히 포장을 벗겨내니, 손안에 여유 있게 들어올 작은 기계 같은 게 있었다.

꼭 MP3 같았는데, 아니란다. U5란다.

한번 켜보고, 그 기능을 알고 나니 정말 비싼 것이란 것을 알아챘다.
노래가 없는 게 문제이다.
아무튼 이 U5는 내 인생서 가장 큰 선물인 것 같다. 뽑기, 마술 상자, DVD, 연필과는 차원이 다른 선물이다.
기능 중에 신기한 게 많았다. 운동기능도 놀라웠다.
선택한 주제에 맞는 행동을 하면 그게 실행되는 것이다. 요즘 과학도 참 많이 발전했지.
나중엔 수십 개의 기능도, 라이터만 한 크기에 들어가기까지 할 것 같다.

2009. 12. 28. 월.

난 왜 이래, 지지리도 운이 없을까? 항상 불운이 하나 생기면, 다른 사람들은 이겨내는데 나는 불운이 겹친다.
그렇게 되어 도무지 모든 것을 풀 수 있다고 하면 모순이 생기게 된다.
이번 방학도, 아빠는 이번방학에 엄청 열심히 해야 한다며, 시간표도 꽉꽉 채웠는데 숙제시간 밤이라,
그런데 이번숙제는 내 방에서만 처박혀 하기엔, 너무 물건이 없으니, 거실에서 컴퓨터도 이용해야 한다.
근데, 1월 3일까지 형은 '학교를 가지 않는' 방학을 한단 말이다. 내 형은 틈만 나면 컴퓨터를 하는데, 그것을 경고하던 사람은 아빠이다.
어쩌나? 아빠는 회사에 가므로 형은 컴퓨터를 해 댈 테고, 나는 컴퓨터를 이용할 엄두도 못 낸다. 형과 나는 벌써 나이 차이가 7살이니까.
형은 아빠의 뜨거운 경고 없이 편안히 할 것이다.
게다가, 엄마도 뜨겁게 형을 타이를 수 없는 것이, 아기를 돌봐야 하고 집안일도 있다 보니 여간 바쁘시지 않다.
불운이 겹치는 격으로, 독후감 받아쓰기는 일주일 안에 일주일분을 다 마쳐야 하는데, 1월 3일까지가 딱~~ 1주일!!!,
이렇게 되면 독후감&받아쓰기는 주말을 이용하지 않으면, 다음 주 독후감&받아쓰기와 겹치니 안 된다.
그런데, 주말에도 계획표는 따라야 한다고 아빠가 말하셨다.
숙제시간을 찾아보니 밤!, 밤이면 큰형이 컴퓨터를 붙잡을 텐데….
이번 주만 어쩔 수 없겠다.

2010. 1. 5. 화.

영화《아바타》를 봤다. 이건 꽤 오래된 일이다.
마지막으로 영화를 본지 오랜 시간이 지나서, 한 달 넘었을 거라고 생각한다.
영화들을 최고부터 최악까지 정리한다면, 이 영화는 내 인생에서 두 번째로 좋았던 영화가 될 것이다. 가장 좋았던 영화는 마지막으로 본 영화다. 어쨌든 이번 영화도 꽤 잘 만들어졌다.
특히, 이번에는 3D로 봤다. 정말로 내 앞에서 일어나는 것처럼 보였다.
실제로 3D로 본 것은 맞지만, 짧은 시간 동안만 그랬다.
인터넷에서 4D 영화가 열리는 것 같았는데,
4D는 3D 안경을 쓰고, 영화 속에서 눈이 내리면 진짜로 그 순간 눈이 내리고, 위험한 장면이 나오면 의자가 흔들리거나, 올라갔다가 내려가거나 돌아가서, 더 재미있게 만들어 준다.
이런 식이면 영화를 본다고 하기보다는, 영화를 느낀다고 말할 수 있을 것 같다.
하지만, 나는 그런 영화는 보고 싶지 않다. 너무 비싸기 때문이다. 전자적으로 많은 사람이 느끼긴 한다.
(영화 이야기로 돌아가서) 이 영화는 다른 영화들과는 다르게 3시간 동안 상영되었고, 보통은 2시간 정도이다. 그래서 나는 코트에서 땀을 참아야 했다.
영화가 끝나고 일어설 때, 제대로 걷지 못해 내려가다가 넘어지기도 했다.

2010. 1. 6. 수.

얼마 전에 둘째형 생일을 맞이하여 작은 잔치를 열기로 하였다.
외식을 하려는 것이다. 한참 어딜 갈까 망설이다 끝내 한 곳에 갔다.
거기 가고 자리에 앉은 뒤, 10여 분 동안 엄마가 종업원과 재잘재잘 말이 많았다.
말, 다 하고, 기다리는 시간 역시 만만치 않았다.
기다리는 도중에, 여기 오기를 반대했던 나는 항의했다.
식단을 보면, 하나만 해도 2만원이 넘고, 음료수조차 만원 주위에서 노니, 어디 좋은 곳이기는 하냐고, 이런 식으로.
그러나 주문한 게 나오자, 모두 조용히 처음부터 끝까지 별말 없이 진행하다가, 아빠는 "가자",
다시 차에 탔을 때 꽤 추웠다.
다음은 영화관으로 갔다. 한 영화를 보려는 것이었다.
이번에도 평상시처럼 표를 예매하고 가서, 조용히 앉아 보기만 했다.
도중에 누가 뒤를 좀 차서 방해가 되기도 했다.
천장의 불이 다시 켜지고 일어서니 균형을 잡지 못했다. 항상 그런다.
추운 겨울날에 나는 자판기에서 차디찬 음료수 하나 뽑고, 차 탄 뒤 집행 도중 좀 마셨다.
돌아갈 때는 눈보라가 강하게 쳤지만, 차가 막힌다거나, 눈이 시야를 가려대도, 사고 없이 안전히 갈 수 있었다.
차에서 내리고 집 현관으로 들어설 때, 눈은 뿌드득거리는 소리를 냈다.
물론, 오늘은 다른 날과는 다르게 특별하지만, 그렇게 기억에 오래

남을 정도로 특별한 날은 아니다. 우리 집이 얼마나 평범한지를 알려 준다.

‘특별한 일’이 될 수 있는 건 영화.

그래서, 본 영화를 주로 일기 주제로 쓰는데, 일기를 다시 펼쳐보면 나도 본 영화가 참 많다.

만약 내가 좋았던 영화 순으로 나열한다면, 이번 거는 아마 2~3번째에 속할 것 같다. 그런다 해도 역시 영화는 쉽게 잊어버린다.

글쎄, 이번 역시 다시 보라고 하면 안 볼 테다.

하나 빼고.

2010. 1. 20. 수.

(특별한 일은 아니다.) 일어나니 역시 항상 다른 때와 다르지 않았다.

그래서 평상시대로 내 방에 들어가는데 슬슬 배가 아파왔다.

처음엔 별거 아닐 거라 걱정 없었으나 책을 읽는데 갈수록 심해졌다.

어쩔 수 없이 좀 누워 있기로 하고 엄마한테 말하려는 작정이었다.

그런데 금방 잠이 들었고 일어났을 때는 정오였다.

한결 잠을 자고나니 많이 나아졌다. 그제서야 엄마에게 증상을 말했다.

엄마는 무조건 토마토를 권했다.

그러나 당시 나는 토마토가 어찌나 맛없는지 먹다가 말아 버렸다.

엄마는 그 점을 콕 집어, ‘어찌해야 할지’는커녕, 왜 토마토를 먹지 않고 이렇게 됐냐며 큰소리나 쳤다. 그러곤, 토마토 토마토만 권했다.(변

비 치료중).

하는 수 없이 토마토를 2컵 반이나 마셨다.

오후 4시까진 정말 더할 수 없이 편했을 그때…

갑자기 온몸에 힘이 쫙 풀렸다.

엄마한테 힘이 안 든다고 어렵게 말하고는 그 자리서 멈췄다.

손과 발이 잘 움직여지지 않아서였다.

그때 그 시각, 오후 5시, 엄마는 화를 막 내면서 아빠한테 일찍 오라고 한 뒤 약을 먹였다.

비로소 나는 괜찮아졌다. 몸도 잘 움직여지고, 하얗던 입술도 돌아왔다. 오후 6시쯤 되니 아빠가 오시고 그 거칠지만 낯익은 손으로 지압을 해 줬다.

다시 난 괜찮아졌다. 밤이 되기 전까지….

밤 10시, 오후 5시의 그 증상이 다시 찾아오자 그 약을 또 먹고 일찍 자기로 했다. 그러나 잠들기란 쉽지 않았다.

내가 먹은 약은 배탈 나게 하는 약이었던 거라서 배를 아프게 했다.

다행히도 끝끝내 나는 잠이 들었다.

얼마 못가서 심히 안 좋아진 몸 상태에 새벽 2시에 일어났다.

화장실에 가는데 갑자기 구역질이 나더니 토마토가 나왔다.

토할 때만 좀 그랬지, 그 뒤 난 편히 잤고 다음 날 난 나았다.

난 하루만 고생하면 돼.

2010. 1. 26. 화.

방학 첫날, 나는 집 안에서 신나서 즐거워했다.

지금은 한숨만 나온다.

하지만, 그게 방학이 영원히 계속된다는 뜻은 아니다.

문제는 내가 이제 거의 5학년이 된다는 것이다.

사람들이 말하기를 5학년은 아주 어렵다고 한다.

책들을 훑어봤는데, 쉬워 보이지 않았다.

준비를 하고 있지만, 이해되지 않는 부분도 있다.

5일 후면 학교로 가야 한다.

학교는 친구가 많으면 천국 같고, 아무도 없으면 지루한 건물처럼 느껴진다.

나도 처음 이 학교에 왔을 때는 친구가 없었다.

하지만, 예전 이야기는 접어 두고, 지금은 그냥 평균이라고 할 수 있겠다.

만약 내 3명의 친구가 이 학교를 떠나지 않았다면,

나는 자신 있게 많은 친구가 있다고 말할 수 있었을 것이다.

2010. 1. 28. 목.

요즘 세월은 참 빠른 것 같다.
언제는, 홀로 반에 남아 아빠가 올 때까지 기다리며 보낸 세월, 그때는 참으로 시간이 느리게 느껴졌었지만, 그래도 내가 나이를 먹어갈수록 시간이 빨라지는 것 같다.
방학 시작한 첫날, 그때는 개학이 아직 멀었다고 여유롭게 했었다.
그러나 어느새 개학을 바로 앞둔 오늘, 전에 아빠가 나이를 먹어 갈수록 시간이 빨라진단 말이 공감 간다.
이거 하고 저거 하다 보면 별로 빡빡하지도 않은데, 어느새 항상 날이 저무는 게 참 빠르다.
모두에게 똑같이 주어진 시간이, 이렇게 너무 빨리 지나간다 느껴질수록, 내가 헛짓거리를 지금 하고 있는 건 아닌가라는 의문이 최근에 종종 든다.
과연 이런 걸 하면 내 미래에 도움이 될지….
물론 엄마 아빠는 도움이 된다 해도, 내가 하는 짓은 머릿속에 잘 들어오지도 않고, 어떤 때는 이를 잊어버린다.
누구에게나 똑같이 주어진 이 시간이란 것을, 남들은 잘 활용하는데, 나만 엉뚱하고 필요 없는 일을 하고 있나고, 생각에 잠기기도 한다.
이 모든게 시간이 빨리 가는 것 때문인 것 같다.
그렇게 시간이 빠르게 느껴지지 않았던 때는, 이런 의문 같은 것을 가져 본 기억이 없는 게 착각일 수도 있겠지만, 더 그런 생각을 하게 해 준다.

## 5학년

2010. 3. 17. 수.

내가 처음 중앙초등학교에 입학했을 때가 기억난다.

첫날, 아무 불 화합이나 다툼 없이 집으로 가려는데, 아직 학교의 지형을 모르는 나는, 멋모르고 애들이 가는 곳을 무작정 따라갔다.

애들은 웬 방에 신발을 벗고 들어가 버렸다. 이상하게 생각하면서 나도 그 방에 똑같이 입장했다.

컴퓨터실이었는데, 거기서 지루하게 쉬운 컴퓨터에 대한 설명을 들어야만 했다.

끝나고 나서 나는 공교롭게도 바로 출구를 찾았다.

그 밖에서는 엄마가 예정시간보다 40분이나 더 기다리고 있었다.

엄마는 다음부터 바로 나오라고 했다.

그다음 날은 출구도 알았겠다 바로 빠져나올 수 있었다. 그날 역시 불화합은 없었다.

3번째 날, 담임선생님은 날 가리키며 한 번이라도 더 특기 적성에 빠지면 벌을 주겠다고 했다.

특기적성 따윈 신청도 안 했는데, 그날엔 선생님이 엄마한테 문자를 보냈는지, 하교하고 나서 와 보니, 엄마가 담임선생님과 전화 통화를 하고 있었던 것이다.

내용은 특기적성.

엄마는 신청도 하지 않았는데, 왜 그런 말이 나왔는지라는 식으로 말했다. 기웃기웃 들어 보니, 선생님 측에서는 한 번 출석에 불렸으므로, 취소할 수 없고 쭉 결석 처리가 된다는 것이었다.
첫날 내가 잘못 들어갔던 곳은 방과 후 강의였던 것이었다.
내 이름이 처음부터 출석부에 없었던 이유, 그래서 선생님이 뒤늦게 내 이름을 추가한 이유, 왜 엄마가 그때 40분이나 더 기다렸던 이유, 그래서 공교롭게 십만 원을 날렸다는….

2010. 3. 18. 목.

나는 기묘한 꿈을 많이 꾼다.
주차장이 수영장이 된 꿈, 신발장 뒤의 또 다른 세상과 점점 커지는 달, 절벽에서의 하루와 그리고 심지어는 우리가족이 흩어지는 꿈도 꾸었다
최근엔 이런 꿈도 잘 안 나온다.
어떻게 보면 실망이기도 하다.
정말 꿈을 꾸고 있으면, 시간은 굉장히 빨리 간다.
멀지않은 과거에 밤을 새워 본 적이 있다.
그때는 그렇게도 시간이 게으름을 피우는 것 같았다.
최근엔 내가 잠을 자며 무엇을 했는지 '어젯밤'에 관한 것은 일어나자마자 잊어버린다.
이것이 내가 최근에 기묘한 꿈을 안 꾸어 보았다는 것이다.
꿈을 꾸지도 않고 지루하니까 잊어버린다는 것이다.

그러나 위의 꿈들은 어찌나 신기한지 몇 년 됐는데도 기억에 남아 있다.
특히, 주차장이 수영장이 된 꿈과, 신발장 뒤 또 다른 세상은 유치원 때나 꿨던 건데…
꿈이 또 한 가지 참 신기한 게, 꾸고 일어나 생각해 보면 어처구니없지만, 막상 꾸고 있으면 그 터무니없는 일을, 나는 진짜라고 믿는 것이다. 의심 없이 믿는 것이다.
하루아침에 멀쩡한 주차장이 수영장으로 변한다는 건, 참 이상한 소리지만 신기한 게, 난 그때 그것을 믿었다는 것이다.
지금 최근 잠에 대한 문제가, 12시가 넘으면 좀처럼 잠이 안 온다.
밤 샜다는 것도 12시 이전까지 못 자서이다.
대부분 11시경에 잠들지만, 바로 어제 12시 전까지 잠을 못 자 오늘 힘이 없었던 것이다.

2010. 3. 24. 수.

최근에 모든 일이 귀찮아지고 있다.
3학년 때, 그 학년이 막 시작했을 때, 잘 보이기 위해 별 발표를 다 했었는데,
4학년이 시작하자, 그때 나는 발표를 갈겨대는 것이 귀찮아, 선생님이 물어보는 것이나 대답하고, 발표도 간간이만 했다.
그런데 최근엔 더 귀찮아져 손도 잘 안 든다.
말할 게 있어도 입 다문채로 있는 것이다.

내가 저학년이었을 때, 고학년들이 적극적으로 참여를 안 하는 것이 신기하고 이상했다.
그리고 나는 그렇게 안 하기로, 이 학교에 머무르는 마지막 날까지, 저렇게는 안 하겠다고 다짐했었다.
이제는 참 이해가 잘 된다. 그때 왜 그랬는지, 나도 그러니까.
그래도 아직은 할 일은 하고 있는 중인데, 더 고학년이 되면 이 증상이 심각해질 것 같다.
이 증상이 자랑스럽지는 않지만 편하다는 장점이 있다.
가만히 앉아서 할 일이나 하는 것.
그렇다고 절대 수업에 집중 안 하는 건 아니고, 듣기는 듣는데 문제가 자주 멍 때려서, 수업내용을 약간 잊어버리는 경우가 있다.
이 귀찮아하는 증상은 모든 평범한 사람들이 나타내는 증상일 테니까, 그 뜻은, 나도 역시 다른 사람들과 다를 것 없는 평범한 사람이라는 뜻이 되고, 곧 그것은 또 같이 다닐 수 있다는 것이다.
평범하지만 못나지 않는 인생이 가장 낫다고 생각한다.
얼마 뒤면 나도 우리 형처럼 될 것이라는 생각이 든다.
물론 이 귀찮아하는 증상은, 절대 자랑이 아니지만 내 삶은 내 나름이니까, 아무도 참견이나 간섭은 하지 말고, 걱정도 말고, 일단 내 알아서 할 테니까. 지부터 살라는 거지….

2010. 3. 25. 목.

지금까지 내가 사귀었던 친한 친구들은, 적지 않지만 반이 갔는걸. 나머지 반에서도 진짜 친한 놈을 뽑자면 얼마 되지도 않는다.
최 영성이는 1학년 때 떠났다. 그는 같이 로봇과학을 방과 후에 같이 배우다, 어느 날 자취를 감추었다.
오 지성 역시 2학년 때 떠났다. 집이 굉장히 가까웠으므로, 학교가 끝나고 집으로 향하며 항상 근처 놀이터에서 놀곤 하였다.
3학년 때는 최 선영이 갔었다. 역시 집이 매우 가까워, 주말에는 서로 연락해 학교운동장에 모이기도 하였다. 때로는 그 애의 집도 가끔 가기도 했다. 그러나 그 역시 말 한마디 없이 떠났다.
3학년 때는 태준이도 떠났다. 항상 같이 놀았었고, 심지어는 짝꿍도 되어 정이 굉장히 깊었었다. 3학년 2학기 때쯤, 그는 이 학교를 떠났다.
이들 모두 정이 깊었으나, 참 신기한 게 내 친구만 떠나는 것 같아 기분이 굉장히 나빴다.
그래도 3, 4학년 때 온 친구들 중에서, 친해진 친구도 있지만, 안 갔으면 좋았을 것을….
운 지지리도 없는 건 참 타고났다.
타고나서 필요 없는 것. 타고난 것 그 자체가 운이 없는 것이다.
다시 이들이 돌아오면 굉장히 반가울 테지.
그런데, 또 운이 없는 게 모두 다 다시는 만날 수 없다는 것이다. 최 영성과 오 지성은 위치가 어딘지 모르고, 최 선영은 만나기에 너무 멀다. 김 태준도 만나기는 힘들다.

2010. 4. 1. 목.

최근에 5학년이 됐다고, 고학년이 됐다고 안 봐주는 경우가 생기고 있다.
엄마와 아빠가 하는 말부터, '5학년이니까'란 핑계로 이것저것 하라고 강요하는 것 같고, 가끔 사람들이 내 학년을 물어보고, 그 대답을 받으면, 꼭 그때부터 모든 것이 달라지는 것처럼 태도가 바뀐다.
4학년이나 5학년이나 시간 차이가 1년쯤뿐인데, 1년 동안 뭐 그리 큰 일이 일어나는지, 전혀 다른 차원으로, 두 학년을 바라보는 사람들의 태도를 보면, 참 신기하고 이해가 되지 않는다.
단 1년의 차이로, 한쪽은 어린 듯이, 다른 한쪽은 좀 어른스레 대하면서, 안 하는 척, 하는 척 시원치가 않게, 딴청 피우는 듯이 은근슬쩍 대하는 건, 나에겐 이상한 행동으로 밖에 안 보인다.
4학년이나 5학년이나 둘 다 속된 말로 '초딩'이라는 명칭을 받는데, 고정관념인지는 몰라도 달라도 너무 다르게 하는 것, 좀 그만.
하기야 나는 상관하진 않는다.
어른스레 대하는 말들인데, 꼭 아닌 척하면서 은근히 해 대는 게 별로 보기 좋지는 않다. 그 어떤 어른도 우리를 알지 못하니까.
당연히 지금의 어른들도 어린 시절이 있었겠지만, 잊어버린 지 까마득하여 그것이 무엇인지도 모른다.
우리도 잊어버릴 것이다.
자라면서 슬픈 점이다.

2010. 4. 5. 월.

오늘은 많이 따뜻해졌다.

학교에 갈 때, 문을 열고 첫걸음을 내디뎠을 때, 기온을 느끼는데, 그 때 추울지 더울지 아니면 보통일지 알 수 있었다.

문을 열고 첫걸음이 집 안의 온도와 다르지 않았다.

그리고 다시 말하자면, 매우 정확했다.

보통 10걸음 정도 걸으면, 첫걸음이 보통처럼 느껴졌더라도 차가워지기 시작한다. 하지만 첫걸음과 열 번째 걸음이 같았다.

오늘처럼 항상 날씨가 이랬으면 좋겠다.

하지만, 최근에 몸이 좋지 않아서 밖에 나갈 수 없다.

아무도 내가 아픈 것을 신경쓰지 않는 게 더 좋다. 비밀로 하고 있다.

2010. 4. 6. 화.

모든 일에는 '수준'이 있는 법이다.

당시에는 그냥 평범하게 느껴졌던 것들을, 나이를 먹고 나서 다시 보면, 자신이 부끄럽기도 한다.

1학년 때엔, 집이 지금과는 달리 무척 멀었다.

차로 20~30분 걸렸는데, 그 거리는 내가 걸어갈 수 없었으므로, 항상 학교에 혼자 남아야만 했다.

아빠가 퇴근하실 때까지. 즉, 해 질 때까지….

정말 그동안 심심했다.

어느 날, 더 이상 그럴 필요가 없어졌다.

어떤 한 친구의 집이 가깝다는 점을 이용해, 그 친구 아빠차를 타 집에 갈 수 있게 된 것이다.

그로부터 얼마쯤 뒤, 집 현관을 나서면서 한 약도를 보았는데, 내가 사는 아파트가 흑석사거리에 있는 내용이었고, 그 주위에 소개하는 건물이 있었다.

그날 처음으로 그 친구 아빠차를 탔다.

아직 내 집 위치를 모르는 그 사람이 장소를 묻자, 나는 "흑석사거리 오른편이요."라고 대답했다.

그 약도에서 얻은 정보 그대로.

특정한 건물을 소개하는 데에 나오는 약도는 정확하지도 않았을 텐데, 처음 보는 사람한테 그 불확실한 정보를 내놓는데, 나는 그렇게 당당할 수가 없었다.

결과는, 흑석사거리 저 왼편에서 저 오른편까지 가도 내 집에 도착하진 못했다.

결국 집주소를 말했다. 그러곤 집으로 돌아왔을 때 해는 뉘엿뉘엿 저 서쪽으로 지고 있었다.

지금 다시 생각하면, 약간 그 아저씨한테 큰(?) 신세를 졌던 것 같다.

나는 지금 최근에 하는 행동 등이 전혀 유치하지 않다고 생각하지만, 또 커서 보면 지금 내 자신을 한심하게 볼 수도 있겠다.

모든 일엔 '수준'이 있으니까.

2010. 4. 8. 목.

유치원 때 현장학습 갔던 일이 기억난다.
버스는 차들이 몰려다니는 도로를 벗어나 어떤 산에 계곡에 이르렀다.
목적지로 가려면 저 다리를 건너야 한다. 너비가 두 발을 디딜 수 없었고, 다리는 부서질듯하여 한 명씩만 건넜다. 나무판으로 되어있는, 이 다리 밑에는 여울이 흐르는 돌바닥이었다.
다행히 여기서 사고는 없었고, 그 뒤에는 꽤나 화창한 산길을 걷다가, 어느새 우리학교 옆 편에 있는 돌벽과 비슷하지만, 나무가 없는 담을 올라가기 시작했다.
여기 역시 상당히 위험했다. 이끼도 드문드문 있고, 비 온 뒤라 굉장히 미끄러운 것이다. 모두들 한 발짝을 쩔쩔맸다. 조심히 걸어 올라나가다 보니 어느새 다 오긴 했다. 가는 것이 좀 걱정스러웠지만….
그때, 나와 평소에 친하던 아이가 주의하지 않고 날뛰다가, 자신이 서 있는 돌에 머리를 박았다. 그는 바로 울기 시작했고, 분위기도 굉장히 하락됐다.
피가 흘러내렸고, 그 바위 위에도 피가 묻어나왔다. 당시엔 작지 않은 충격이었다. 그는 곧 병원으로 실려 갔다. 돌아온 뒤, 아이들은 모두 그 애에 대해서 웅성거렸다.
그래도 그날 선생님이 말하는데, 그렇게 나쁜 상황은 아니었다며 위로하는 듯이 말하였다. 내가 볼 땐 나빠 보였는데, 아마 단지 위로였을 것 같다. 궁금하기도 하다. 과연 어찌 되었을지. 하지만, 며칠 뒤 나는 유치원을 그만두어 여부는 알 수 없었다.

2010. 4. 29. 목.

웬만해선 다 가야된단다.
몸이 너무 부실하거나 큰 사람들을 빼곤 가야 한다고 엄마가 말했다.
나도 우리큰형 안 본 지 3주째다.
엄마는 논산에서의 편지를 애타게 기다리고 있다.
가장 최근에 온 내용으로는, 형이 총을 잘 쏴 합격 받았고, 수류탄도 던져 보았는데 긴장돼 죽는 줄 알았다고 하였다.
정말 군대에선 편지 한 장이 그토록 기다려지나 보다.
형이 쓴 것을 읽어보면 이해가 간다.
꼭 답장을 하라며, 언제는 이 소대에서 가장 편지를 많이 받는 사람으로 인정받고 싶다고 한 적도 있었다.
그런 이유에서 형의 네이트온으로 들어가, 미니홈피에 편지를 써 달라는 내용도 우리가 올려 주었다. 그리곤 전체에게 쪽지로 보내 준적도 있다.
곧 또 아빠 말로는 훈련이 고되질 것이라고 하는데, 그 이유로 나보고 편지 쓰란다.
그래서 손 편지와 인터넷 편지 각각 1씩 썼다.
엄마는 매일매일 편지를 쓴다.
연습장에 쓴 후 편지지에 고쳐 넣고, 그것을 또 인터넷에 다 칠 때까지 엄청난 시간이 걸리는데, 매일 저녁에 하니 나로서는 이해할 수가 없다.

2010. 5. 5. 수.

어린이날이라고 내가 원하는 곳을 간단다. 나는 갯벌에 가자고 했다. 얼마 전에 했던 현장체험 학습에서, 갯벌체험을 너무 짧게 했던 게 아쉬워서였다.
아빠는 처음에는 약간 반대의 의견을 냈지만, 곧 우리는 갯벌로 향하고 있었다. 아무런 채비도 없이 말이다. 차로 달리고 달려도 목적지는 참으로 멀었다. 나는 체험학습 때 갔던 갯벌의 모습을 상상하며 기대를 걸었다.
처음엔 버스가 갔던 길로 차가 가고 있던지라 그 기대는 커져만 갔으나, 톨게이트도 안 지나고 점점 엉뚱한 길로 가는 것 같아, 부풀었던 마음은 가라앉았다. 우리 차는 계속 남쪽을 향하고 있으므로, 언젠간 바다에 도착하게 될 것이라는 생각을 했다. 차는 점점 보이지 않기 시작했다. 작은 집들이나 족족 넓은 논과 밭이 보였다.
우리는 촌락에 온 것이다. 인적도 드물어져 갔다. 우리는 길도 모르고 무작정 가고 있었으므로, 중간 중간에 있는 간판들을 보고, 어디로 갈지 판단할 뿐이었다. 이윽고 차는 아예 보이지 않았다. 어쩌다 쌩하고 지나갈 뿐이었다.
11시경, 우리는 서쪽에 바다를 포착하였다. 거의 다 왔구나 싶었다.
게다가 동쪽에도 바다가 있었고, 또 물이 빠져 있었다.
양쪽 중에서 한쪽으로라도 갈 수 있는 방법은 참 간단했다. 족족 옆으로 새어 나가는 비포장도로를 따라서 가는 것이다.
그러나 아빠는 가지 않았다. 계속 남쪽으로만 향했다.

이유는, 차가 만약 가다가 옆에 있는 밭에 빠지면 낭패이기 때문이란다. 인적도 드무니 그럴 만도 했다. 달리다 보니 옆으로 가는 비포장도로도 사라졌다.
양쪽 바다도 그 어느 것도 보이지 않았다. 8차선 도로도 2차선이 되었고, 사방이 나무와 드넓은 땅뿐이었다. 집도 없다. 공사 현장이나 자주 볼 수 있을 따름이었다.
우리는 중간에 고려해 둔 바다가 하나 있었다. 아빠 말로는 섬인데, 다리로 연결됐을 것이란다. 나는 우리나라 전도를 펼쳐 무안 쪽을 보았다. 전혀 도움이 되지 않았다.
우리는 곧 무안 국제공항으로 향하고 말았다. 우리가 비행기 타러왔나 하며 방향을 꺾었다. 공항이 우리 시야에서 사라질 때 전까지 쯤, 한 비행기가 이륙하는 것을 볼 수 있었다.
별건 아니지만 나는 점점 사라져 가는 광경을 가만히 응시하고 있었다.
그 와중에도 차는 달렸고, 길도 약간 험해졌다.
툭하면 공사, 조심, 위험 간판이 보였다. 그럴 만도 하다.
도로를 빠져나가면 끝장이기 때문이다.
우리는 다시 마을에 도착했다는 것을 알 수 있었다. 건물들이 보이기 시작했기 때문이다. 그러나 그냥 지나갔다. 용건이 없었기 때문이다.
달려도 끝이 없는 이 도로…. 다시 바다가 보이기 시작했다. 여러 가지 간판도 보였다. '서행, 어린이 보호 해제, 위험, 조심, 주의' 직감으로 느끼기에 다 도착했다고 느껴졌다.
어떤 간판이 있었기 때문이다. '위험 도로 끝(길 없음) 전방 150m'
도로가 끊겼다는 것은 우리가 남쪽 끝에 있다는 것, 갯벌이 있다는 것이다. 1시간이 넘는 드라이브 끝에 도착한 것이다.
그러나 이 뻘은 중간에 고려해 놓았다는 그 뻘은 아니었다.
왜냐하면 거의 다 도착할 즈음에 공사 현장을 봤기 때문이다. 다리가 다 완성되지 않은 것이다.
차에서 발을 내려놓는 순간, 엄청난 바람이 날 밀었다. 주위엔 차만 몇 대 있고, 저기 뻘 생물을 잡는 사람들 몇 명만 보였다.
아마 전부 우리같이 왔을 것이다. 그 이유는 뻘은 이름도 없는 것 같았기 때문이다. 유명하지 않은 것이다. 바람은 계속 밀었다.
나는 통을 잡고 생물들을 잡으러 계단을 내려갔다. 그러나 아빠는 당분간 내려오지 않았다. 이유는 있겠지만 이해되지 않았다.
그래서 우리는 이 이름 모를 뻘에, 아주 길디긴 여정 끝에, 또 지루함과 약간의 기대감 끝에 도착하게 되었다. 짧지만 즐거웠던 시간이 바로 여기서 부터이다. 거센 바람이 밀어도… 나는 헤쳐 나갔다.
갯벌에 첫걸음을 디디고 나서, 곧바로 우리는 생물을 포착할 수 있었다. 통을 흔들며 주위를 보았다. 구멍들이 송송 뚫려 있는 것이 아주 많이 보였다. 전부 다 게 구멍이라고 한단다.
주위를 밟아보니 한 구멍에 거품이 일며 물이 솟아나왔다. 그 구멍을 재빨리 파헤쳤다. 이 게가 파고드는 속력이 엄청나, 손을 넣으면 계속 큰 구멍이 있다. 몇 초 안에 그 굴을 판 것이다.
내 아빠는 바위를 하나 굴려 옮겼다. 그 밑에는 게가 굉장히 많았다.
그러나 탁한 물에 어찌나 위장이 잘 되던지 잘 보이지도 않았다.
고동도 많이 보였는데, 전부 움직이고 있었다. 그 안에 전부 게가 들어가 있었다.

관찰을 조금 한 뒤, 더 안쪽을 탐험하려 했으나, 쑥쑥 빠져, 가에 쪽에서만 놀 수가 있었다.
뻘을 더 파헤쳐 보았다. 자세히 보니, 불개미만 한 자그마한 생물들이 대폭으로 모여 바글바글 거리고 있었다. 우리는 게를 13마리 잡았다.
매우 작았지만 배판을 눈 째지게 보아, 성별도 구분하는 활동도 해 보았다. 내가 본 것마다 뾰쪽하였다. 그것으로 미루어 대부분 수컷이었다는 것을 알 수 있었다.
뻘, 물과, 흙도 통 안에 같이 넣었는데, 엄마 말로는 게가 뻘의 유기물을 먹고 산다고 했다. 또, 새우나 멸치도 먹는다 하였다.
나는 풀어 줄까 생각하고 있었지만, 엄마는 애 보여 준다고 가져간다고 하였다. 게들의 미래가 걱정되었다.
채비도 무엇도 없어서 게 외에는 아무것도 못 잡는단다. 나는 실망하였다. 그래도 조금만 더 보내고 싶어 있기로 했다.
아빠는 돌로 웬 바위에 붙어있던 소라 껍데기를 마구 때려 깨부쉈다. 그리고 그 안의 내용물을 보여 주었다.
잠시 동안이라도 뻘에 서 있으면, 빠져 버리기 때문에, 안전한 돌 위에나 서 있을 수 있었다.
내 손이 엉망이어서, 손을 씻으려고 물에 손을 담구었다.
마구 비비다가 돌 앞에 붙어있는 소라 껍데기에 긁혔다. 그 상처는 지금도 선명히 있다.
곧 저 멀리 한 사람이 무엇을 잡는 것 같았다. 걸어 다니더니, 갑자기 한 곳을 마구 삽으로 재빨리 팠다. 낙지를 잡는 것이다.
빨리 파지 않으면 모르는 곳으로 도망쳐 버리므로, 내가 게를 잡으려

했던 것처럼 하는 것이었다. 그러나 그 사람을 계속 봤어도, 함성을 지르지는 않았다. 이윽고 그는 사라졌다. 못 잡고 돌아간 것 같다.
한동안 하는 짓 없이 있다가 돌아가기로 했다. 구경거리도 없었기 때문이다.
차를 탔을 때, 배가 출항하는 소리가 깊게 울려 퍼졌다. 자동차 경주장처럼 시원하게 달려 돌아왔다.
그런데 어쩐지 뭐가 이상하다. 허전했다. 그 이유를 곧 알 수 있었다.
아까 손 씻고 있을 때까지만 해도, 기억하고 있었지만 상처 때문에 잊어버린 것 같다. 게 풀어 줘야 하는데....

2010. 5. 17. 월.

남들은 그렇게 얘기하지 않지만, 나는 내 자신이 그렇다고 느낀다.
지금까지 만나 본 선생님한테도, 또 내 학원 선생님으로부터도, 듣지 않아 그렇지 않을 수도 있겠으나, 내가 평가할 땐 그렇다.
예전부터, 저학년 때부터 내가 꽤 어른스러웠던 것 같다.
옛날에 영어학원을 다녔을 때 거기서만 만났던 여자 친구가 있었다.
물론 남자애들과도 친하게 지냈다. 그래서 애들은 연애 하냐고 했다.
하지만 우리 둘 다 개의치 않았다.
또 내가 이 학교로 전학 오기 전 1학년 때도 있었는데, 내가 전학 옴으로써 끊겼다.
2학년 때에, 선생님은 비디오를 하나 보여주셨다. 만화영화였는데, 애들은 다 웃고 자빠지는데, 나는 유치하다는 생각만 했다.
꼭 그때 말고도, 만화영화들은 별로 재미도 없는 것 같고, 마구 웃어대는 게 이해가 가지 않았다. 지금도 그런 생각은 떠나지를 않는다.
내 생각엔 내형이 그렇게 만든 것 같다.
형과 나는 나이 차이가 많이 난다. 그래서 형이 하는 얘기들은 수준이 나에겐 높았다.
하지만, 나는 그것을 받아들이고 잊지 않았다. 지금도 형은 가끔씩 현실에 대한 얘기를 한다. 하지만, 고 3인지라 어쩌다가만 1번씩 하는 꼴이었다. 나는 둘 다 좋다고 생각한다.
애들과 같이 동심에 있는 것이나 수준 높게 생각하는 것이나.

2010. 5. 26. 수.

## My father

아빠는 아마 내가 가장 좋아하는 사람이다.

다른 아빠들과 비교했을 때, 아빠는 더 온화하다.

최근에는 그렇게 많이 온화하지 않지만, 그건 그저 최근의 일일 뿐이다.

그 원인은 내가 이제 고학년이 되고, 결과가 그다지 좋지 않기 때문이라고 생각한다. 내가 잘못한 부분을 알고 있어서 이해한다.

아빠는 짜증이 나도 여전히 온화한 편이시다.

아빠는 내가 고등학교에 다닐 때쯤이면 곧 60세가 된다.

지금 나는 12살이고, 형들은 19살과 21살이다.

내가 고등학교에 다닐 때, 두 형은 독립할 것이다.

아빠는 60세가 넘으면 일할 수 없기 때문에, 내가 필요한 돈을 벌기 위해서는, 열심히 공부해서 장학금을 받고 사용해야 한다.

그중 일부는 부모님께도 드릴 수 있다.

이런 이유로 나는 열심히 공부해야 하고, 현재의 나쁜 결과는, 미래에 더 힘들어질 것에 비하면 너무 이르다.

회복되기를 바라며, 아빠가 다시 온화해지길 바란다.

2010. 6. 6. 일

나와 친구 3명은 태현이의 할아버지 집에 갔다.

전통적인 생활을 체험할 수 있는 곳이다.

태현이의 할아버지가 그 집을 사서 태현, 상현, 태수와 거기서 놀았다.

우리는 거기서 야구도 하고, 우리가 만든 인공 웅덩이에서 자라나는 올챙이와 놀기도 했으며, 플레이○○○으로도 놀았다.

나는 5번의 사고를 쳤다.

첫 번째는 비 올때 물이 내려가는 파이프를 부쉈다.

두 번째는 벌레가 들어오는 걸 막는 창문을 깨뜨렸다.

야구를 하고난 후, 너무 더워서 안에서 쉬기로 했다.

태수가 먼저 들어가서 우리를 못 들어오게 막았다. 상현이가 그 문을 열라고 했다.

내가 상현이를 도와주기 위해 조금 만졌을 때, 창문이 큰 소리와 함께 떨어져서 땅에 떨어졌다. 태현이의 엄마가 그것을 고쳤다.

우리가 TV를 보면서 쉬고 있을 때, 창문이 다시 떨어졌다.

아마도 잘 고쳐지지 않은 것 같았다.

친구들에게 이 사실을 말하자, 그들은 이를 내'마법'이라고 하였다.

세 번째와 네 번째 사고는 야구를 하던 중에 일어났다.

내가 타자였고, 공은 태현이의 소프트볼이었다.

내가 공을 쳤는데 공이 시야에서 사라졌다. 나는 그것을 찾으러 나갔지만 찾을 수 없었다.

그래서 상현이의 하드볼을 사용했다. 그런데도 다시 홈런이 나왔다.

다행히도 우리는 긴 수색 끝에 공을 찾을 수 있었다.
다섯 번째 사고는… 우리가 다시 쉬러 갔을 때 일어났다.
잠깐 밖에 나갔는데 태현이가 모든 걸 잠가 버렸다. 나는 태현이의 신발과 장갑을 가져다가 던졌다. 태현이가 신발과 장갑이 없다고 큰 소리로 말했던 곳을 기억했다.
찾으라고 했을 때, 나는 장갑과 신발을 찾았고, 그것을 태현이에게 줬다. 물론 마지막 신발이 어디 있는지도 알고 있었지만, 그냥 장난친 것이다.
상황은… 태현이의 시야에서 다른 신발을 태수에게 넘겼다. 내가 열심히 찾는 척하면서 조금 더 놀다가 신발을 태현이에게 줬다.
그들은 나를 '마법사'라고 불렀다. 그래도 확실히 재밌었다.

2010. 7. 11. 일

아침 일찍(고모 집) 일어나 서울대학교에 가 봤는데 그렇게 크다니이이이이, 말로 표현을 못 하겠다.
아무튼 서울대를 한참 구경하고 나서는 63빌딩을 빼놓을 수 없다. 어렸을 때 한번 가 보긴 했는데, 비행기 탄 것과 꼭대기에서 전망을 봤던 것, 그리고 수족관 구경을 한 것만 기억나서….
표를 먼저 BIG3로 끊고, 우선 영화를 기다리는데 4D 스릴러 놀이기구가 있어, 엄마, 고모, 누나와 타 보았다. 우리는 마치 정말 놀이기구를 타는 것 같았다.
의자가 조금씩 움직이긴 하지만 신기하였다.
화면에서만 쭈욱 내려가는 것 같은데 나도 같이 내려가는 것이다. 굉장히 재미있었다.
밖에선 4명을 다 보고 있었나 보다. 내가 어쨌는지 다 말했다.
어쨌든, 바다에 관한 3D 디지털 영화 관람 후 왁스 뮤지엄이란 곳에 갔다. 밀랍으로 사람을 만든 것이었다. 실제 유명한 사람들을 만들어 놓은 것이란다.
그다음에는 전망대 엘리베이터를 타고 꼭대기까지 올라갔을 때 전망을 보니 엄청났다. 어떤지는 알 것이다. 그 뒤 내려올 때 귀가 미치도록 죄여왔다. 10분간….
돌아왔을 때는 2시였다. (고모가) 점심을 먹고 가라고 했지만 우리는 광주로 다시 향했다. 점심은 중간 휴게소에서 해결하고 집에 돌아오니 7시. 결론은 재미있었다.

2010. 7. 17. 토.

방학의 첫날. 사실 난 자라면서도 내가 변한다는 게 느껴진다.
저학년 때만 해도, 방학이 따분하고 할 짓 없는 '무의미한' 세월만 같았는데, 4학년이 되자 꽤나 기다려지게 되고, 이젠 이 방학의 순간을, 손꼽아 달력을 들춰 보기까지 되었다.
5년간의 변화이지만 나는 나의 변화를 안다.
또 저저학년(1, 2학년) 땐 정말로 얌전했는데, 3학년부터 '나대기'를 시작하고, 이 순간엔 나대지 않고서야 삶이 아닐 만큼… 까진 아니겠지만, 아마 태준이와 상현이의 영향이 클 것이다.
태준이는 1학년 때, 내가 전학 온 그 첫날, 1순위로 사귄 친구였다. 1학년 때는 상현이와 나는 그저 그런 사이였다(물론 7월까지만).
내가 태준이와 친하고, 또 태준이와 상현이가 친하므로 상현이와 내가 친해진 건 당연한 것.
순식간에 '가장 친한' 친구사이가 되어버렸고, 태준이가 떠난 지 오래인 지금으로선, 그가 나의 가장 오래되고, 그만큼 추억도 많은 벗이다.
그 많은 추억들을 보내며, 서로서로의 성격등이 섞였는지 상현이 처럼 나도 좀 나대고, 그도 약간 침착한 면이 좀 더 보인다.
이렇게 나는 내가 변하는 걸 느낄 수 있다.
다른 사람들도 가능할지는 모르겠지만, 앞에서 말했듯이 '손꼽아' 기다리던 방학, 그리고 그 첫날인 만큼, 이 방학을 저학년 때처럼 따분하게 생각 말고, '무의미'하지 않은 방학이 되게 하도록 다짐을 하였다.
그래도 방학숙제 귀찮은 건 어쩔 수 없으….

2010. 7. 21. 수.

심심할 때는 보드게임이 역시 최고다. 만약 해 줄 사람이 있으면….
나는 아빠와 합의하여 사기로 ○○마트에 갔다. 거기서 보드게임들을 발견하였고, 제일먼저 본 게 인생게임이다. 인생게임이라면 선현이네 집에서 3학년 때 해 봤다.
친구랑 처음으로 하는 거라 그랬지, 재밌는 건 아니다. 그다음엔 모노폴리란 걸 봤다. 미국이 개발해 냈다지…?
다음엔 푸에르토리코란 것도 보았다. 전혀 듣도 보도 못한 게임이다. 관심 없다.
다음엔, 물벼락이란 걸 봤다. 모자에 물을 채우고 돌아가면서 핀을 하나씩 뽑는데, 어떤 핀 하나를 뽑으면 물이 쏟아져 나온다.
그다음 '할리갈리'를 봤는데 인터넷에서 며칠 전 본 것이다. 4개의 과일이 그려진 54장의 카드가 있는데, 어찌어찌해서 과일의 그림이 같으면, 상대보다 먼저 은색 종을 쳐야 이긴다.
다음은 '두근두근 악어', 이건 악어 모형의 이빨을 하나씩 건들다가, 어떤 이를 건들면 악어가 콱 무는 것이다.
해적 뭐도 있었는데, 어떤 사람이 칼 하나를 통에 꽂았는데, 갑자기 안에서 선장 장난감이 툭 튀어나왔다. 그러면 그 사람은 벌칙을 받는다. 이때 칼에 벌칙이 새겨져 있는데, 그 벌칙을 수행 받으면 된다. 끌리는 것들 꽤 많았지만, 우리는 국내 최초 보드게임인 '부루마불'을 사 들고 돌아왔다.

2010. 7. 22. 목.

더운 날에 음료수가 생각나는 건 당연한 일이다.
이번에도 예외가 아니듯, 엄마 아빠와 축구경기로 이긴 사람이 음료수를 얻어먹기로 했다.
아빠는 축구를 잘하므로, 엄마와 내가 팀이 되어 먼저 10점내기를 실행했다. 결과는 우리의 승(10:9)으로 간신히 이겼다.
거의 극적이었다. 아빠가 강하게 뻥 차자, 공은 우리 골대로 빠르게 날아갔고, 나는 그것을 따라갔다.
저 공이 넘어가면 끝이다.
그 생각에 나는 죽도록 뛰어서, 가까스로 넘어가려는 공을 막아보고자 혼신의 힘을 다했다.
'음료수를 위해' 같은 이유보다는, '이기기 위해'가 앞섰고, 마지막으로 몸을 날려 공에게 뛰어들어, 10cm의 차이로 막. 았. 다.
나는 지칠 대로 지쳤으나, 공을 던져서 달려 나가 뒤에 엄마에게 패스하는 건 성공했으나, 아빠가 금방 빼앗았다.
나는 다시 공을 힘들게 빼앗아 엄마에게 다시 패스를 했고, 엄마는 코앞까지 골대에 도달했으나, 엄마가 찬 공이 아빠다리에 맞아 튕겨나가자, 내가 그 공을 바로 잡아서 골대의 왼쪽으로 막 달렸다.
뒤에서 아빠가 무서운 속도로 달려오고 있어, 나의 달리기 진짜 속도가 발동되어, 오른발 슛을 날려 이기게 되었다.
누군가가 내 뒤를 쫓아올 때, 내 속도 곱절이 되는 건 몇몇 애들도 알고 있다.

공을 가지고 골대로 달려갈 땐 안 힘들었는데, 골을 넣고 멈추자마자, 숨이 갑자기 차서 순간 잠깐 주저앉았다. 음료수 드립은 성공이었다.

2010. 7. 23. 금.

정말로 짜증이 난다. 몇 달 전부터 계속 말 않고 쌓아 왔다.
몇 달 전에, 갑자기 나와 아무런 상담도 없이, 바로 아빠 맘대로 스피치 학원을 보내더니, 이젠 더 막 나가서 과외 선생님까지 불러들였다.
둘 다 토요일인데, 미치도록 하기 싫은데도 계속 다녀야 한다.
6개월씩이나.

그 학원 얘기만 들으면 짜증이 치솟고, 또 동시에 '또 가야 한다'는 마음에 우울해지기도 한다.
그 학원 자체가 난 맘에 안 든다.
사람들 앞에서 원고를 소리쳐 읽어보라고 하는 것 자체가 죽도록 싫은 것이다.
엄마 아빠는 그 마음을 눈곱만큼도 모른다.
스피치 학원 하나면 내 식욕 떨구는데 나쁘지 않은데, 이젠 아예 거식증으로 만들 생각인지 수학 과외선생님까지….
극도의 스트레스이고 생각조차 하기 싫다.
언제부터 이런 시간을 보내게 되었는지 그리고 언제 끝나는지….
우선 아침 일어나고 나서는 선생님이랑 2시간 해야 되고, 그 뒤 오후 4시부터 학원이다.
오늘은 금요일이라서 내일 갈 생각하니 벌써 우울해진다.
이 일기 쓰는 내내 화가 치밀어 오른다.
왠지 모르게 기가 막히고, 내일 학원을 가야 한다는 그 의식 때문에 공부도 잘 안 잡힌다.
오늘만 해도 벌써 그 때문에, 2시간 수학시간을 독서시간으로 때워 버렸다.
애 땜에 쉬는 시간도 쉬는 시간이 아니고….
최근 이런 것들 때문에 내가 손을 더 자주, 그리고 더 격렬적이게 물어뜯게 되었다.

2010. 7. 24. 토.

8시 20분쯤에 일어났는데, 이렇게 늦은 이유가 어젯밤 잠을 잘 못 자서이다.
어젯밤엔 새벽 4시 30분에 잠들게 되었으니 나는 대략 3시간 50분 동안 잤다. 그래서 수학 과외선생님이랑 할 때도 정말 정말 졸려서 죽는 줄 알았다.
아무리 피곤해도 나의 사전에 낮잠은 없다.
밤 지새운 적 있어도 그때도 낮잠은 자지 않았다. 낮잠 안 자는 이유가, 첫째, 밤잠을 또 제대로 못 잔다.
낮에 잠을 자 버리면, 그날 밤 잘 못 자게 되고, 그러면 또 보충하기 위해 낮잠을 자는 악순환이 계속되어, 주야가 바뀔 수도 있다.
두 번째, 낮잠은 잔 것 같지가 않고 시간낭비 같다.
그때, 나는 긴 여정에 피곤해서 낮 1시에 잤다. 나는 일어났을 때 저녁 6시가 되어 있었다.
마치 시간을 낭비한 듯이 허무했다. 5시간이 날아갔다.
기분이라도 상쾌하면 좋겠지, 일어나니 일어나자마자 웬 불쾌함이 덮치고 몸은 굉장히 게을러졌다.
나는 원래 활동적인데, 일어나고 나서는 가만히 있기만 했다.
내가, 어제 아주 '죽일 놈의 학원'이라 한 건 순간적인 감정이다.
꽤나 내가 일기 쓰는데 흥분해서, 글씨체도 말이 아니고 과장도 했다.
어쨌든 학원, 이번 주에는 꽤 재미있었다. 학원 끝나자마자 영화를 보러갔다.

제목은 인셉션. 뭐 대충 잠을 자서, 거기에 꿈속에서, 사람들끼리 한 사람이 집에 가고 싶어 하는 것 때문에 사투를 벌인다.
그 사람을 죽이려고 난리인 회사가 하나 있어, 그것도 영화의 클라이맥스가 된다. 왜냐하면 그 회사가 없으면 그냥 비행기 타고 집 가면 끝.

2010. 7. 25. 일

이제 방학의 일주일이 되어간다.
스케줄이 빡빡한 평일이나, 힘들지는 않아도 내가 하기 싫어하는 것이 들어가 있는 토요일에 비하면, 일요일은 천국이라고 할 수 있다.
뭐 평일에 뭐가 많다 해도 어렵지는 않으니, ○○만없으면 이번 방학은 많이 평화로울 듯하다. 본래 나는 토요일 젤루 좋아했었다.
그러나 수학 과외와 학원 때문인지 토요일은 평일만도 못해졌고, 방학인 지금으로서는 더더욱 가치 없는 날이다.
월요일에도 빨리 일어나야 한다는 '의무감' 같은 게 없어서, 토요일은 최상의 날에서 최악의 날로 떨어지고, 일요일은 그저 그런 날에서 최상의 날로 급격히 상승했다.
토요일에는 과외에 학원까지 있으니, 오기 바라지 않는 날.
다른 애들한텐 그래도 천국 같은 날인 애들은 많겠지 만은, 나한텐 그렇지 않다.

2010. 7. 26. 월.

디딤돌---, 이 방학 중에 열심히 하라고 아빠는 입 아프게 강조한다.
벌써 강의시간 2시간까지다.
수학문제 푸는 시간으로 바꿔놓고, 1주일 안에 1과정(디딤돌 올림피아드 3%)을 끝까지 다 풀란다.
사실 쉬운 문제집은 아닌데, 50% 그 이상만 맞아도 가히 영재, 천재 수준이란다. 양도 장난 아니다.
아무튼 아빠는 입 아프도록, 나에겐 귀 아프도록, 7월이 끝나기 전까지는, 반드시, 꼭, 의무적으로, 필경, 1과정을 다 마치란다.
거의 끝부분이지만, 2과정, 3과정, 4과정도 남았는데, 언제 끝까지 갈꼬. 막막하다.
나의 심리 상태는, '1과정, 2과정, 3과정과 4과정 하나하나 모르는 것 배워 가자.'가 아니고, '반드시 4과정까지 끝내야 하니까, 빨리빨리…, 언제 4과정 가냐?' 이렇다.
4과정까지 모두 마쳐야 한다는 압박이 좀 도가 지나치게 셌달 까….
내일부터니까 오늘은 잘 일만 남 앗 슈. 졸리네.

2010. 7. 27. 화.

풀 문제들이 많아, 아침부터 20분 일찍 문제를 풀었다.
한글독서 시간도, 쉬는 시간, 인터넷 강의도, 다 수학문제 푸는 시간으로 바꾸어버렸다.
영어독서 시간과, 쉬는 시간, 그리고 중국어 시간까지, 다 바꿔 마지막 발악을 했는데도, 세 단원도 못 풀었다. 워낙 어려운 문제라서,
그리고 그 많은 시간을 다 수학시간으로 바꿔버린 이유가, 이번 주 안에 다 끝내야 한다는, 그런 의무감에 크게 눌려서인 것 같다.
아빠가 그렇게 강조했으니, 나는 점심휴식 때 한번 나오고, 나머지 시간은 계속 방에서 딴청 없이 열심히 풀기만 하다가, 드디어 저녁휴식 및 운동시간으로 나올 때,
아빠는 내가 굉장히 녹초란 것을 알아채고 '그럴 것까진 없었다' 고 했다.
내일은… 강의시간만 바꿔서 4시간 수학이다.
오늘은 7시간을 풀었고, 내일부터 3일 안에 다 풀어야 하니 부지런해져야 하겠다.
오늘도 충분히 부지런했지만.

2010. 7. 28. 수.

오늘은 엄마 아빠와 함께 부루마불 보드게임을 했다.

땅은 이렇게 ■ 4부분이 있는데, 나는 [○○○] 이쪽에 땅을 많이 집중적으로 지어서, 아빠가 거기에만 가면 나한테 돈을 줘야 한다는 발언을 했다.

[○○○], 이 부분은 유럽 쪽이다. 30만원 넘고 그러는데, 나는 처음에 제주도를 바로 사고, 스톡홀름 코펜하겐 아테네 베를린 시드니를 사고, 파리도 뒤늦게 사고 거의 후반부에 상파울로를 샀다. 아빠는 콩코드 여객기(한번 타면 가고 싶은데 갈 수 있고 상대방은 20만원을 줘야 함), 엘리자베스호 콜롬비아호 도쿄 부산(500만원!!!) 그리고 홍콩 등을 샀다.

아시아 중에서는 나는 마닐라 이스탄불, 엄마는 초반에 브에노스 아이레스 상파울로 취히리, 그리고 중반부에 로마, 중 후반부에 뉴욕을 샀다.

황금 열쇠에는 반액대매출이란 게 있는데, 가장 비싼 곳을 반액에 팔아넘기는 것이다.

아빠는 부산을 25만 원에 팔아 손해를 봤다. 그러나 기어코 다시 사고야 말았다.

엄마는 불행의 연속으로 처음엔 그래도 타이페이 브에노스 아이레스 취히리로 돈을 꽤 짭짤이 얻었다. 나는 대체로 코펜하겐과 스톡홀름 아테네와 리스본 등으로, 아빠는 부산 하와이 등으로 였다.

엄마는 중반부부터 아빠와 나, 특히 나한테 계속 뜯기면서 부에노스 아이레스와 상파울로를 팔았다. 상파울로는 후에 내 차지가 됐다.

황금열쇠 중에는, 우리의 폭소주머니를 시원하게 터뜨린게 2개 있었는데, 그것은 '대중 앞에서 장기자랑'과 '생일 축하! 및 상금 1천원'이다.
생일을 축하한다고 쪼잔하게 1천원 만 주는 게 웃겼고, 또 아빠의 장기자랑을 보고, 우리가 상금 1천원을 주어 아빠는 2천원을 갖게 되었다.
아빠는 50만원짜리 6장 하고도 10만원짜리 5장, 5만원짜리 8장, 2만원짜리 12장, 1만원짜리 7장, 5천원짜리 0장과 1천원짜리 2장, 대충 350만 원이었다. 솔직히 나는 손해가 특히 컸다.
나도 돈은 항상 넉넉한 편이라(중반부 까진) 땅을 바쁘게 사고 다녔다. 10만 원짜리 지폐가 손에 꽤 두둑이 쥐어지곤 했다.
그러나 나는 부산에 2번, 콜롬비아호에 1번 걸려, 145만원을 순식간에 아빠한테 넘겨주고, 30만원 도쿄와 32만원 로마를 각각 아빠와 엄마한테 바쳐, 적어도 200만원 이상 피해 봤으니 씁쓸하였다.
대폭으로 당한 후, 나는 여유를 잃고 엄마처럼 절약하며 살게 되었다.
그래도 나의 질긴 명으로, 끝났을 때는 56만 원이 있었고, 땅은 12개로 10개인 아빠보다 더 많았다.
엄마는 땅이 4개였다. 하긴 아빠는 땅들이 훨씬 값이 비쌌으니까….
나는 8만원 10만원 12만원 하는 아시아 국가들과, 스톡홀름 코펜하겐 아테네 베를린 (다 14~16만원 그쯤이고), 리스본 26만원, 상파울로 & 시드니 24만원과 파리 32만원,
아빠는 부산 50만원에 하와이 26만원 홍콩 8만원 콩코드 여객기 20만원 엘리자베스호 30만원 콜롬비아호 45만원 몬트리올 20만원 런던 35만원, 그러고도 350만 원이 넘었으니… 이쯤에서 마치겠다. 2등이어도 재미있었다.

2010. 8. 5. 수.

2학년 때, 초코두유를 마신답시고 빨대를 푹 꼽았는데, 은박지 조각이 작게 벗겨져 두유에 떨어졌나 보다.

나는 뭣도 모르고 쭉 빨았는데, 그 은박지 조각이 내 목에 달라붙었다.

순간 나는 굉장한 불쾌감을 느꼈다.

물을 벌컥벌컥 마시고, 목을 막 만져 보고, 밥도 최대한 안 씹고 넘기는 등, 빼내려고 갖가지 노력에도 고사하고 빼내지 못했다. 그러나 3학년, 4학년이 되니, 거의 있었는지도 기억이 안 나고 존재감조차 없었다.

그런데 오늘, 나는 물 컵을 꽉 채우고 원샷을 하고 있는 도중에… , 목에 뭔가가 벗겨지는 느낌이다. 그리고... 그리고... 떨어졌다.

순간 나는 굉장한 쾌감을 느꼈다. 원 샷을 마치고….

2010. 8. 7. 토.

첫 번째 고비인 수학을 넘기고 점심시간.
나는 아빠가 나와 부루마불을 해 준다거나 그럴 줄 알았는데, 계속 잠만 자서, 나는 혼자서 바둑돌을 갖고 재미없게 놀아, 시간을 공허하게 보냈다. 학원을 갔다 온 뒤에는, 집에 오면서 간접적으로 "내가 원하는 것 하나 해 줘요."라고 했는데, 그 말은 까맣게 잊어버리고 저녁 내내 TV만 봤다. 나는 기분이 좋지 않았다.
일요일에는 형이 없기 때문에(학교 자습) 부루마불 다같이 하지 못하니까, 토요일 하려는 건데 계속 TV만 보니까 뭐가 되냔 말이다.
난 원래 TV를 비디오 빼고 거의 보지 않지만, 아빠가 보니까 나도 보게 된다. 그리곤 낮에는 힘들다고 잠자고, 그러면서 공부 하나는 안 놓친다.
나는 놀자고 아빠한테 몇 번이나 말했으나, 아빠는 엄마하고 놀라 하고, 엄마는 또 엄마대로 졸리다고, 아니면 또 아빠하고 하라 한다.
그러면서 둘은 항상 TV에만 시선 집중이다.
나는 엄마 아빠에 대한 존경심이 급격히 떨어지는 것 같다.
얼마 전 책에서 읽었기를, 좋은 아빠는 TV를 끄고 아이에 집중하고, 하루에 최소 30분을 투자, 여행을 떠나고, 화끈하게 놀아주고, 감정을 표현 자신의 일을 이야기, 아내에게 친절하며, 아이 친구에게 관심을 가진다는 것이다.
우선 TV에 관한 건 내가 지금 불만인 것이고, 오늘은 30분은커녕 10분도 안 놀아 줬다. 여행은 난 태어나서 서울 간 것뿐이고, 화끈하게 놀아주는 건 운동 나갈 때마다 해 줘서 그건 좋지만, 감정은 전혀 표현하지 않고, 당연히 자신의 일을 이야기하지 않으며, 엄마한테 막 친절히 대하는 건 한 번도 못 본 것 같다. 마지막은 해당사항이 없다.

평일에는, 또 쉬는 시간이면 어린애는 자꾸 날 귀찮게 하고, 좀만 뭐 하면 잘못도 없는데, 엄마가 날 나무라는 경우가 종종 있다.

그럴 땐 정말 너무 억울해 필통, 연필깎이, 베개, 가리지 않고 이리저리 울화에 막 던지기도 하고, 언제는 책을 반 찢은 적도 있다.

그리고 앞에서 말했듯이, 주말엔 또 주말대로 모든 것이 TV의 중심이 되어버린다.

나는 TV가 별로 재미없는데 할 것 없어서 보는 경우가 굉장히 많다.

혼자 노는 건 몇 년 전부터 내 습관, 일상이고, 혼자 노는 것도 이젠 외롭지 않다. 그러나 재미는 당연히 없다. 침대에 바둑돌 깔아 놓고, 그 위에 뒹굴기만 하는 것도 하다못해 지치고, MP3의 노래도 다 외워버릴 만큼이다. 하다못해 책이라도 읽지만, 내가 책을 하루 종일 읽을 수도 없고, 심지어 나 혼자 부루마불을 하기도 했다.

최근에 욕 횟수도 나도 모르게 늘었고, 관심 받고 싶은 나머지 일부러 짜증을 내기도 한다. 저 TV를 부숴 버리고 싶다.

방에 문 잠그고 할 짓 없이 그림만 묵묵히 그리고, 창문을 통해서 항상 똑같고 좁은 곳만 보고 갑갑하다.

정말 내 마음이 자라나는 것을 누군가가 막, 막아 논듯 답답하다.

점점 물건을 막 대하고 기분대로 연필을 반 토막 내기도 한다.

내가 타락한 것 같다. 하지만 어쩌나.

너무너무 심심하고 외로운데….

2010. 8. 12. 목.

공원에서 배드민턴을 했다.
아빠건 나건 실력이 구려서 공을 줍고 다니기만 하고, 화려한 몸 개그를 선사했다.
아빠는 저쪽으로 날아가는 공을 쳐내기 위해 몸을 날렸다.
나는 강하게 친 후, 아빠가 살짝만 쳐, 한참 앞으로 떨어져, 앞으로 엄청 달려 나가 위로 세게 쳤는데, 아빠가 '한 번 더'란다.
그래서, 나는 공을 따라 더 세게 쳤는데, 아빠 쪽으로 가긴 커녕 더 멀어졌다 .
더 쳐서, 아빠도 위로 쳐올리자, 공은 우리 중간에 애매하게 떨어지고 있어, 우리 둘 다 돌진하여 위로 쳤는데, 공은 저쪽으로 날아가, 내가 달려가서 오른쪽으로 치니, 아빠는 세게 위로 쳤다.
내가 달려가서 오른쪽으로 또 치니, 아빠는 내 옆에 바로 붙어서 쳐 내려, 몸을 날렸다.

2010. 9. 22. 수.

**추석**

일어나서 아침밥 먹기 전 애들이랑 또 놀고, 아침밥을 먹은 후 3명이서 듀얼을 했다. 판가름이 나질 않았다. 결국 중간에 끝내버리고 약간의 케익을 먹은 뒤 공을 갖고 놀았다. 그 놀이는 손, 발, 머리만을 이용하며 3명이서 협동하여 공을 공중에 유지하는 것이다.
공이 바닥에 닿아선 안 된다. 그리고 공이 손, 발, 머리에 1초 이상 있을 경우 아웃이다. 우리는 127개까지 해냈다.
점심때가 되자 애들은 목포로 가고 나는 식탁에서 여러 명이 무언가를 하는 것을 보았다. 나는 아빠에게 그 게임에서 이길 수 있도록, 전폭적인 지지는 안 했고, 구경만 했다. 집 안은 답답하다. 나는 나가기로 했다.
밖에서 어슬렁어슬렁 거리다가 다시 들어왔을 때, 소마큐브를 누군 맞추고 있고, 누군 오목 두고, 누군 체스를 두고 있었다.
이것들은 3시까지 계속됐고, 아침을 늦게 먹어 점심을 먹지 않았던 우리는, 저녁을 4시에 먹었다.
저녁 먹은 후 나는 형과 단둘이만 방에서 자유를 즐기는 중이었다.
6시쯤 되자, 나는 그 방에서 나와 거실에서 허송생활(?)을 보냈고, 8시쯤 해남 이모와 어떤 형이 왔다.
이모는 떡을 가져왔고, 그것은 우리에게 야식이 되어주었다.
그러나 그들은 금방 삼촌네 집으로 갔고, 아빠는 저녁도 먹지 않아 배고프다고 했다. 나는 내 돈으로 라면을 사 와 아빠와 나눠 먹었다.
잘 시간이 되자 잤다.

2010. 11. 9. 화.

3년 전, 나보다 7살 많은 내 형에게 대들었다가 욕을 얻어먹었다.
그 뒤로부터도 내가 반항하거나 좀 심한 잘못을 하면, 형은 방에서 문을 잠그고 욕을 퍼부었다. 그러나 지금과 그때는 다르다.
그때는 욕을 하면서도 금방 온화해지는 형이었다.
하지만 작년부터는 뭔가 큰 차이점이 보인다. 예전에 했던 말이 찔린다.
형은 다시 온화해지기 전에 항상 했던 말이 있었다.
"잘못 건들지만 마."
하지만 나와 놀아주던 형에게 이를 지키는 것은 쉽지 않았고, 그래서 나는 이런 벌을 많이 받았다.
최근에는 이를 지키려고 노력하여, 형과 나의 부딪힘은 별로 없었지만, 오늘 바로 일어났다.
저녁 6시, 강의를 듣고 방에서 나왔다. 별로 할 것 없이 5분 정도를 보내자 형이 왔다. 그때까지만 해도 형이 반가웠다.
형은 가방을 두고 장난 식으로, 파리채로 때렸다.
나는 아무 말도 하지 않고 있었다. 하지만 나의 표정과 행동으로 봤을 때, 충분히 아프다는 것을 알 만 했다.
내가 분을 참지 못하자, 그때까지만 해도 그리 감정은 없는 듯 하던 형이었다.
문제는 엄마가 형을 나무랐다는 것이다. 학교에서 와서는 왜 이러고 있냐고 막 화를 내니까, 그 분은 형에게 갔다가 그대로 나에게 돌아왔다. "잘못 건들기만 하면 ○○한다."고

사실 이 말은 한두 번 듣는 말은 아니다. 형에게 몇 백 번은 들었다. 하지만, 이번과 그 몇 백번이 모조리 다른 게, 형은 고 3인 데다 아주 당당하게 엄마 앞에서, 그것도 짜증스러운 목소리로, 들으라는 듯 말했다는 것이다.
엄마 말로는, 순진한 사람은, 마음이 안 되니까 말을 거칠게 한다는 것이나,
까칠한 사람은 말을 안 하다가, 행동으로 해 버린다는 것이다.
엄마의 말이지만 형의 그 말에 진심이 담긴 것 같았고, 형은 그런다고 안 때릴 것 같지 않았다.
몇 날 전에 나는 침대에 누워있었다.
그러자 형이 와서 "지금부터는 예전의 나와 많이 다를 거야." 하고는 베개를 던지고 나갔다.
짧지만 큰 느낌, 감정을 받았다. 그것이 100%라는 느낌을 받았다.
그런지도 모르고 엄마는 그렇게 말한다.
나는 내 잘못으로만 벌 받는 게 아니었다.
엄마 아빠가 형을 타일러서, 그게 또 내가 혼나는 것이다.
형이 나를 반항하게 해서 문제가 되면, 부모님은 형을 나무랐고, 그럴 때마다 그의 달갑지 않은 눈길이 왔다.
작은형에게도, 이제 지금은 군대에 있는 2살 더 많은 형이 있다. 작은형 말로는 막 어릴 때 큰형이 때리고 그랬다는 것이다. 나는 그 말을 믿어 왔지만 엄마는 반대란다.
큰형이 작은형을 괴롭히고 때리는 것을 목격하였다. 그런데 왜 엄마는 아니라는 것인가.

엄마는 이번 사건을 계기로 아빠에게 "앞으로 비교하지 마시오."

아빠는 날 칭찬하는 차원에서, 형과 내 실력을 비교했다.

칭찬은 좋지만, 이런 식으로 하는 것은, 형의 마음을 상하게 하기 때문에 별로였다. 근데 아빠는 엄마나 잘하라고 나가 버렸다.

이 가족의 의견이 뿔뿔이 흩어지니 여간 맘 상하는 것이 아니다.

솔직히 이번 사건에서, 나는 내 형에게 화를 냈다거나 반항까진 안 했다.

엄마가 이렇게 일을 만들어 버렸다.

평소에 엄마 아빠는 형에 대한 불신이 있었기 때문에, 우리끼리 해결할 수 있었던 것을 엄마가 끼어들어, 우리의 사이를 멀게 한 것이다.

아빠는 이 와중에도 이렇게 말한다. "형제끼리는 때리고 맞고 하며 크는 거다."

엄마는 형이 고3 스트레스 때문에 말을 독하게 하는 것이라고 주장한다.

그렇지만 나는 그게 아니다. 엄마가 이 심각성을 잘 알지 못하는 것 같다.

차마 설명하지 못한 것들이 지금 걸림돌이 되어있는 것 같다.

형을 슬슬 피하곤 했다. 혼나고 난 뒤마다.

하지만, 이제부터는 형이 집에 있기만 하면, 만사에 조심성을 넣어야 한다고 판단했다.

엄마는 이렇게 말한다. "지금 네가 어리니까 그렇지, 더 크면 형도 이렇게 못 해." 그때까지 언제 크냐 말이다.

안 좋은 사이의 두 사람이, 같이 있으면 사이가 좋아질 수 있는 기회라고 믿기 때문에, 나는 다른 내일을 기다린다.

2010. 12. 27. 월.

4학년 때까지만 해도 지금과는 달랐다. 조금, 아니 많이.
작년에는 영어 성적표가 가장 수월했다. 점수 따는 것이 식은 죽 먹기이기 때문이다. 4학년을 마치며 '5학년도 별거 아니겠지.'란 생각을 가지고, 풀어진 채로 5학년 1학기 중간고사. 느슨하다가 큰 코를 다쳤다. 한글, 영어 성적이 둘 다 끔찍했다. 나는 다짐을 하고 이를 악물어, 기말고사에서 한글 성적표가 평균 95점을 기록하여 빛나는 1학기의 결말을 빚었다.
성적표가 그리 끔찍했던 것도 이유가 있었다. 한글이야 방비를 안 한 것이었지만, 영어는 이야기가 다르다.
4학년 때까지만 해도 A+, A, A- 등으로 점수를 매겼기 때문에, A+나 A 따위쯤이야 하루 이틀만 열심히 하면 된다. 그렇지만 이젠 점수, 숫자제다.
하루 했다고 되는 것이 아니다.
꾸준히 그동안의 성과로 만들어 낸다. 나는 그렇게 숫자로 나온다는 것은, 미리 아빠가 알려줘서 알고 있었지만, '숫자가 그리 끔찍해?' 하고 넘겼다.
그리고 깨닫게 되었다. 5학년은 다르다는 것을. 이곳에서는 바람이 한층 더 매섭게 냉정하게 휘몰아친다는 것을. 그리고 거만하게 행동하는 자는 살아남을 수 없다는 것을.
차차 이 매서운 바람에 적응하고자 나는 2학기부터 공부를 했다. 성적이 공개되는 순간, 내 감정은 뭔가 뒤죽박죽이었다.

다른 것들은 다 90대 중후반 점수라 좋지만, 과학이 75점밖에 되지 않는다! 아빠는 안 좋은 것만 눈에 보이나 보다. 과학으로 끝까지 나무랐다.
이번 과학은 정말 어려웠고, 못한 건 1개고, 잘한 건 3개인데, 등으로 막아 보려는 것은 통하지 않았다.
화가 치밀어 오르자 2학기 기말고사 때는, 아빠에게 복수하겠다는 독심으로 차 있었나 보다.
훌륭한 성적을 거두었다. '아빠를 이겼다'는 느낌에 나는 매우 기뻤다.
이젠 5학년도 끝이 보인다. 6학년에는 더욱더 무서운 바람이 기다리고 있을 것이다.
4학년처럼 풀어지지 않고, 각오를 가지고 이 학년을 종업하겠다.
그 각오는 항상 그렇듯, 열심히 하는 것이다. 물론 쉽지는 않겠지만….

2010. 12. 28. 화.

합격 소식을 들은 뒤, 이제 마지막 관문인 면접을 보러 떠났다.
나는, 내가 20명 안에 들었다 길래 대단한 것인 줄 알았는데, (시내 초등) 4, 5, 6학년에서 수학은 각각 20명씩, 또 거기 과학도 6학년에서 20명하여 총 80명이다.
그렇게까지 대단한 것은 아니다. 그리 크게 알아주지도 않는단다.
수업은 3월 달 부터, 매주 화요일은 의무적으로 가 수업을 받는다.
시간은 3시 40분~5시. 학교수업이 제때에만 끝난다면, 수업을 까먹고 갈 필요는 없다.

목요일은 격주로 간다.

즉, 어떤 주는 가고 어떤 주는 안 가는 날이다. 시간대는 같다. 만약, 1년 동안 진행되는 이 영재교육에, 3번 이상 빠지면 자격이 주어지지 않는다. 수업이 재미있다고 하는데, 나는 솔직히 별로… 일 것 같다.

면접 보기 전에 들은 이야기들이다.

면접을 다 본 뒤, 추억의 친구를 만났다. 1년 전 나는 ○○이라는 학원에 다녔다.

거기서 우리는 매우 친했지만, 내가 모를 이유로 끊어 버렸기 때문에, 지난 수십 개월간 보지 못했다.

다행히도 내가 그쪽을 알아봤듯, 그도 날 알아보는 듯했다.

하지만, 뭔가 어색했다. 서로 '안녕', '잘 가'만 주고받고 끝이었다.

허무했다. 하지만, 그렇게 다시 끝이 났다. 물론 전혀 기분 나쁘지 않다. 아주 오랫동안 보지 못해, 잊어버릴 만도 한 세월이건만, 그래도 기억한 걸로라도 만족했다.

그래도 어느 면으로는 어색함과 허무함을 감출 수 없었다.

차를 타고 돌아오며, 그와 같이 체스를 한 기억이 새록새록 났다.

그날들이 마치 엊그제 같지만, 현실은 수십 개월 전이다. 나는 혼란스러웠다.

근데 지금으로서는 그와 나는 친하다고 해야 하나?

친하지 못하다고 해야 하나?

둘 다 어떤 면으로 일리가 있으나, 다른 면은 부적절하고 맞지 않는다.

그저 '아는 사이'라고 단정 짓는다. 머리 아프니까….

2010. 12. 29. 수.

가만히, 시원한 밤공기를 마시며 밤하늘을 보고 있으면, 여러 이유로 넋을 놓게 된다.
밤공기를 마시면 왠지 옛 추억들, 좋았던 순간들…, 그리고 시골적인 느낌이 든다. 다른 사람들은 어떨지 모르겠지만, 나는 한 결 같이 그런 생각이 든다.
하늘을 보고 있으면, 아득히 저 멀리서 비춰 오는 작은 별이 보인다. 단지 하얀 점처럼 생각하면 그것은 매우 하찮은 것이다.
별을 가만히 응시하면 한 결 같이 빛나는 것은 아니다. 반짝반짝 거린다. 딱히 신기할 것도 없다고 생각하겠지만, 나는 항상 다르게 반짝거리는 별 하나만을 계속 보고 있으면, 넋을 어느 순간 놓고 있다.
아파트 앞 계단에 앉아 생각을 하고 있으면, 쌀쌀하면서도 맑은 바람이 자주 스쳐가곤 하는데, 그것을 들이쉬면 저 속까지 시원해진다.
그렇게 밤공기 사이에 둘러싸여, 잠시나마 현실의 힘든 점들을 잊고, 옛 생각들을 이것저것 생각하는 것도, 나름 지루한 일이 아니라고 본다.
어느 날 아빠와 같이, 같은 장소에서 나는 이러한 밤의 느낌을 얘기해 보았다. 아빠도 나와 같은 생각을 하는 것 같다. 그리고 우리는 말이 없었다. 가만히 같은 생각에 빠져 있을 뿐이었다.
어쩌면 그 순간, 우리가 같은 생각을 하고 있을지도 모른다는 생각을 하고 있었는지도 모른다.
하지만 우리는 말이 없었다. 말이 유일한 통신 수단이 아니기 때문이다. 설사 시골에 가본 적이 한 번도 없고, 자연을 제대로 느껴보지 못한 사람이라도, 밤에 바람 쐬러 나오면, 시골, 자연 등을 느낄 수 있을 것이다. 우리들은 자연에서 태어났고, 자연에서 살며, 자연에서 죽기 때문이다. 우리들이 모두 흙으로 돌아간다는 말은 바로 이런 것이라고 생각한다. 어떤 사람이건, 복잡한 도시생활을 하는 직장인이건, 시골에서 조용히 차분히 사는 농부건, 다 태어날 때부터 자연의 품속으로 가기 때문이다. 단지 자라나며 그것을 잊어버릴 뿐이다.
그러곤 내가 어느 날 그랬듯이, 밤공기를 마시러 갔다가 다시 알게 할 수 있는 것이 바로 이 밤 풍경!
따라서 나에게 밤공기는 단순한 '시원한 공기'와는 차원이 다르다.

2011. 1. 3. 월.

## 첫 번째 꿈 이야기

옛날 옛날에 내가 꿈을 꾸었는데,

그 꿈이 하도 신기하고 이상하여 내가 여기다가 기록한다.

저녁, 우리는 곧 외식을 하러간다.

이런저런 이야기를 나누며 시간은 금방 흘러가고 모두가 곤히 잠든 한밤중, 하지만 밖은 유난히 밝았다.

평소에는 깜깜해야 할 때인데 저녁때처럼 밝다.

나는 혼자 일어나 밖을 보았다. 보이는 것은 그저 어두운 하늘과 밝게 빛나는 보름달.

나는 돌아와 잠시 잤다.

하지만, 얼마 되지 않아 깨어 다시 보니 달이 조금 더 컸다.

그리 커진 건 아니지만 차이는 알아볼 수 있었다.

나는 졸린 눈으로 다시 돌아갔지만 잠은 오지 않았다.

한참을 골똘히 생각하다가 다시 창문으로 갔더니 굉장히 큰 달이 창문 시야의 반을 가리고 있다!

나는 무척 놀랐다. 그리고 그 자리에서 얼어붙었다.

이젠 보는 눈앞에서도 그 거대한 달이 더 더 더 커지는 것을 보았다.

지구와의 충돌이 일어날 것이다 고 생각하며, 이젠 모든 게 끝장이라고 넋을 놓고 있었다.

그때 "이리 나와 봐!"라고 하는 낯익은 아빠의 목소리가 밖에서 들려왔다. 나가 보았다. 그런데 어둡지 않았다. 밝았다. 낮인 것이다.

커지던 달도 없다. 나는 현관 밖으로 나가 한 바퀴 빙 둘러보았다.
이 아파트는 숲 사이에 있는 것이다!
지금은 정말 어처구니없지만, 더 신기한 것은 꿈을 꾸고 있던 나는 그리 신기하게 여기지 않았다!!!.
한참 동안 시간을 지내다가 다시 집으로 들어가니 어둠이 깔렸다.
나는 재빨리 창문을 확인했다.
어두운 하늘에 저기 10원짜리 동전쯤 되는 달이 밝게 빛나고 있었다.
그 뒤 계속 그 달을 주시했다. 그러는 도중에 나는 깼다.
꿈이란 것은 참으로 신기하고도 알 수 없는 것 같다.
매우 초현실적이지만 꿈속의 자신은 그것을 현실처럼 대한다.

2011. 1. 5. 수.

**두 번째 꿈 이야기**

한낮, 우리는 수레 한 대를 이끌고 그 누구도 알지 못하는, 아무 목적 없이 아무 방향으로 가고 있었다.
누가 그 누구에게도 의지하지 않았다.
작열하는 태양 밑에서 모두들 더워하면서도 꿋꿋이 걸어갈 뿐이었다.
말 한마디가 오고 가지 않았다. 서로 집적거리지도 않았다.
다들 매서운 눈으로, 저 끝없이 펼쳐지는 사막을, 하염없이 그냥 앞으로 걷고, 또 걷기만 할 뿐이었다.
그리고는 날이 어두워지면, 텐트를 그 자리에 치고 교대로 돌아가며

불을 지키곤 했었다.

어느 날, 역시 오늘도 그 어떤 목적 없이 땀을 뻘뻘 흘리면서 걷고 있었다. 그러던 도중, 땅이 갑자기 갈라져, 나 이외의 다른 사람들이 모두 떨어지고, 나도 절벽에 매달리게 됐다.

지금으로서는 저 밑으로 말려들어간 사람들 신경 쓸 겨를이 없었다.

우선 올라가야만 했다.

하지만 내가 잡고 있던 돌마저 부서지려 하자, 나는 옆의 나무를 잡고 늘어졌다. 이럴 수가!

그 나무는 순식간에 뿌리째 벽에서 뽑혔고, 나는 저 밑으로 떨어졌다.

다음 순간, 내 자신이 구름 위에 있었다는 것을 알아챘다.

설마, 여기가 하늘나라 일까?

일어나 신기하다는 듯 이리저리 살펴보았다. 나뿐이다.

나는 금방이라도 이 구름 사이로 뚫려 떨어질 것 같았으나, 구름이 의외로 질겼다.

내가 걸어 다녀도 꿈쩍없었다.

그러나 내가 세게 발을 한 번 구르자 나는 떨어졌다. 떨어지고 떨어지고 또 떨어지고 멈추지 않았다.

떨어지는 사이 나는 벌떡 일어났다.

떨어지는 꿈을 꾸는 것은 키가 큰다는 꿈이라고 들었다.

물론 확실하지는 않다. 하지만, 물론 컸으면 좋겠다고 생각한 게 지금까지 나는 작다.

'중, 고등학교를 졸업할 때쯤이면 나도 크겠지.'라는 생각을 가지고….

2011. 1. 7. 금.

**세 번째 꿈 이야기**

낮, 나와 내 부모님 그리고 형과 같이 근처 공원으로 갔다. 나는 자전거를 타고 있었는데 공원으로 가는 길은 계속해서 내리막길이었다. 나는 신이 나서 빨리 내려갔다.
내 가족과의 거리는 엄청났다. 공원에 도착하면 기다릴 예정이다. 점점 가속도가 붙고, 나는 이거 너무 빠른 거 아닌가 할 정도로 빠른 속도를, 한편으로는 걱정하면서 한편으로는 즐겼다.
그러다가 급커브에서 방향을 미처 틀지 못해 추락 방지선에 자전거를 박고 나는 절벽으로 떨어졌다. 나는 아주 좁은 돌 위로 날아갔다. 아주 크게 소리쳤으나 내 가족은 내가 저 멀리 먼저 간 줄 알고 가 버렸다. 떠나는 모습을 바라보고 있었다.
이때 어떤 아저씨가 날 꺼내 주었고 따라오라고 했다. 원래 나라면 절대 죽어도 안 간다. 하지만 내가 왜 그랬는지 따라가고 말았다. 멀리멀리 걷다가 급기야는 차를 타고 1시간이나 주행했다.
그 뒤 나는 어떤 작업소로 끌려갔다. 그곳에는 내 또래의 아이들이 다 피땀 흘리면서 일하고 있었다. 힘들게 망치로 돌을 깨부수는 것이다, 나는 재빨리 손아귀에서 벗어나 도망을 쳐 인근 아동보호 건물로 쥐가 쥐구멍으로 들어가듯 입장해 허겁지겁 계단을 올라갔다.
계속 계속 당연히 그는 쫓아오고 있었다. 그곳 사람들은 도대체 있는 건지 없는 건지 보이질 않았다. 1명이라도 이걸 본다면 될 텐데, 나는 끝없이 올라갔다. 그러다가 속임수를 쳤다.

올라가는 척하며 옆으로 빠져나가 엘리베이터를 타고 내려가 건물을 탈출했다.
그리고 파출소를 찾아내 사정을 이야기하고 경찰차를 타고 집으로 돌아올 수 있었다.
집에 가 보니 가족이 아주 내가 없어져서 난리였다. 나는 집에 들어갔고 다시 일상으로 돌아오게 되었다. 내 가족에게 이야기를 하는 도중 나는 깼다.

2011. 1. 9. 일.

항상 학교가 끝나고 친구들과 잠깐 놀곤 했다.
그 시간은 항상 친숙한 애들과 함께하는 것이라서, 전혀 심심하거나 외롭지 않고 새로우며 재미있다.
하지만, 갈라질지도 모르겠다. 상현이도, 나도 둘 다 삼육중에 가고 싶지만 우리의 성적이 따를지 모르는 일이다.
이것을 생각하면 그에게 열심히 하라고 하고 싶지만, 효과는 없을 것 같아 항상 관뒀다.
그리고 또 다른 친구들도 같은 길을 걷고 싶지만, 각자의 사정으로 6학년이 끝나 빛나는 졸업장을 받을 때면, 여기저기 뿔뿔이 흩어질 확률이 높다.
또는 이 학교가 끝나기 전에도 전학을 가 버릴 수 있다. 그리고 나는 그것을 원치 않는다.

동률이, 현빈이, 태준이….

전학 때문에 벌써 너무나도 많이 잃었다. 더 이상은 원치 않는다.

다 성적이나 개인 집 사정 등으로 예상치 못하게 흩어질 수 있다.

물론, 전화를 하거나 약속을 잡아 만날 수도 있겠지만, 선영이 같은 경우 전학간 뒤 연락두절이었다.

물론 이후로 한 번도 접하지 않았다.

곧 우리는 갈라질 것이라는 것을 안다. 내 친구들도 그것을 알까.

그런데도, 갈라질 것을 알면서도, 겉으로는 아무것도 아닌 듯이, 그냥 순진하게 노는 것일까.

물론, 항상 같은 사람만 알기보다, 새로운 사람을 접해봐야 하는 것이다. 오히려 그쪽 사람이 더 좋을 수도 있고 덜 좋을 수도 있다.

하지만 갈라지면 좋든 싫든 접할 수밖에 없다.

그리고 이를 두려워할 필요가 없다. 나는 지금 아이들과 헤어질 생각을 하게 되니 슬프다.

저학년 때는 생각도 하지 못했지만, 졸업 날을 1년 두고 나니 이 생각이 마구 와 닿는다.

우리들의 이토록 친밀한 관계는 숙명적이라는 것을 알고 있다.

친구들도 분명 알 것이다.

시한폭탄이 달려있는 우리지만 아직 내일은 이별이 아니기에, 또 모레도 이별이 아니기에, 그 생각만 하다가 결정적인 날이 오면 그때 터뜨려 놓는다. 오늘은 아니다. 내일도 아닐 것이다.는 생각만을 가지고….

어차피 숙명적인 것… 그 전까지 만이라도.

2011. 1. 12. 수.

1월 19일. 다른 사람들에겐 그저 평일일 것이다. 나는 그렇지 않다. 내 인생에서 새로운 경험을 할 수 있는 날.
아! 19일만이 아니다. 2박 3일이니까.
이제 이해가 갈 것이다. 야영? 아니다. 캠핑? 아니다.
스키장을 간다!. 전에도 이것에 대해서 잠깐 흘러나왔을지도 모르는데, 캠핑 같은 것과는 다르다.
딱 1주일 남은 현재시점은 실감이 나지 않는다.
약간 불만인 것은 거기서 강습을 한다는 것이다.
나는 되도록이면 자연스럽게 배우는 것이 좋다.
강습을 하든, 자유롭게 배우든, 2박 3일이라는 짧은 시간 동안 무얼 하겠는가? 안 미끄러지기, 걷기, 기본자세 정도나 배울려나.
기왕 재미 차원으로 가는 거, 좀 자유롭게 해 보고 싶지만, 그곳 강사가 있단다.
아무튼 이번 여행지는 5시간이나 걸리는 엄청난 거리의 장소다.
우리가 저번 수학여행을 간 장소 비슷한 듯 하다.
당연하다. 북쪽이 추우니까 우리가족이 우려되는 것이 있다. 스키장에선 사고가 굉장히 많다는 것이다.
급경사나 사람들끼리 부딪힌 것만으로는, 2010년에 4만 4천여 건이나 사고가 발발했다.
2011년에는 우리가 1건 할지도 모른다는 것이 우려된다.
생협에서 많은 것을 주문하고 18일 날 오게 했다. 거기서 운동을 하도 많이 해서 자주 배고파진다는 얘기가 있었기 때문이다.
가끔씩 나는 새로운 것을 접할 때, 정신이 몽롱해지고 아무 생각도 나지 않고, 보이지 않는 때가 잠깐 있다. 나도 이유는 모른다.
긴장에서 오는 것 같은데, 거기다 상황적 문제나 그곳 온도 습도 등의 환경도 영향을 미치는 것 같다.
이번에는 그러는 일이 없기를 바란다. 즐겁길 바란다. 그리고 좋은 추억 하나 만들고 돌아오면 그것에 대해서 더 바랄 것이 없겠다.

2011. 1. 13. 목.

최근에 피부의 증상이 심해지면서 병원에 형과 같이 가게 되었다. 이 피부 이상은 1년 전부터 있었는데, 그때 조직검사를 했을 때는, 오돌토돌하게 난 것이 털구멍이라고 했다.
그래서 안심하고 있다가, 최근에 없던 곳까지 생기면서, 다시 거의 비슷한 증상의 형과 같이 병원에 가게 되었는데, 피부과에 도착하고 나니, 피부과 다웠 나, 사람들이 여기저기 보기 흉한 피부 자국들을 지니고 있었다.
진료에 따라 한 명 한 명 이름이 불려가지고, 진료실에도 가고, 필요한 사람들은 치료실로 갔다. 형 같은 경우는, 단지 흉터 자국뿐이라서 두 가지 연고를 주겠다고 했는데, 빨간 것을 먼저, 그다음에 파란 것을 바르라고 했다.
나는 1년 전의 그 털구멍이 너무 건조해서 염증이 생긴 것이라고 했다.

내가 건성이긴 하다. 손을 만져 보면 하나도 촉촉하지 않다. 내 부모님처럼. 그래서 나 같은 경우 보습제만 수시로 바르면 된다고 했다. 그래서 우리는 그것들을 받아들이기로 하고 병원을 나섰다.
형보다는 다소 간단하게 보습제만 좀 바르면 된다니 안심도 됐다. 맨 처음에 의사 선생님이 피부를 봤을 때, 다소 심각하다는 투로 말했기 때문에 안심도 두 배가 되었다.
집에 도착해서 우리는 한 번 발라 보았다. 약간 쓰라리면서 시원했다. 그리고 확실히 촉촉했다. 1시간 정도로 아침저녁으로 계속 바르면 될 것이다. 그러면 이것도 금방 나을 것이다.
따갑거나 가렵지는 않지만, 점점 위로 올라오는 것에 대해, 약간 섬뜩하게 생각을 하지 않았더라면, 더 큰 일이 벌어졌을 수도 있다.
병원을 오늘 간 것은 잘한 것이라고 생각한다.

2011. 1. 21. 금.

손 글씨체가 지금 장난이 아니다. 온몸이 성한 곳이 없는데다가 손도 지금 끔찍하다. 주먹을 쥘 수가 없고 발발 떨린다. 그래서 간단간단한 전개로 펼쳐 나가겠다.

첫날 5시간 동안 힘들게 버스를 탄 우리는, 도착해서 숙소를 배정받고, 장비와 옷을 대여하고, 준비를 한 뒤, 스키강습을 받기 시작했다.

처음 강습, 스키 신발도 적응이 되지 않아 미치겠는데, 그것 가지고 올라가는 것에서 쩔쩔매고 있었으니, 지금으로서는 이해가 되지를 않는다고 할 수 있겠다.

'A' 자를 만들고, '11' 자로 만들고, 턴과 'S' 자 그리고 속도를 즐기는 방법, 그리고 마지막에는 스패로우 자유 스키. 이렇게 2박 3일 동안 했는데, 첫 날 밤이 정말 악몽이었다.

리프트를 타고 처음 올라가 보는 실전스키장. 나는 처음부터 넘어져 일어서지 못하고 누워있었다.

스키는 구간 구간 잘라서 진행했는데, 일렬로 옆으로 서서 날을 세우고 천천히 순서대로 갔다.

다 많이 넘어지고 난리였다. 그때는 2시간 가까이 걸렸으니 악몽이었다.

둘째 날 아침, 이번에는 놀랍게도 1시간 이내에 했다! 대단한 발전이었다. 하루 만에, 아니 정확히 말하자면 몇 시간, 넘어지는 횟수 역시 팍팍 줄었다.

점심, 나는 이번에도 강습을 받았으나 30분 안에 도착하게 되었다.

자, 셋째 번 날 자유스키. 말 그대로 원하는 대로 타고 싶으면 타고, 숙소에서 쉬려면 쉬는 것.

나는 최고 13분 만에 내려와 보았다. 그리고 1번도 넘어지지 않았다.

처음부터 끝까지, 그것도 이틀 만에.

스키란 것은 처음 적응이 안 될 뿐 쉽다고 할 수 있는것 같다.

물론, 나는 아직 한발 한발 떼는 애일 뿐.

2011. 2. 1. 화.

7시 50분, 방에서 수학을 풀고 있는데 흥미로운 사건이 발생했다.
위층에서 말싸움이 난 것이다. 싸움 대상은 아빠와 딸로 추정돼 보였다. 목소리를 들으니 그럴 것 같았다.
딸은 목소리로 보아 중, 고등학생인 것으로 보였는데, 나는 이를 더 자세히 알아보기 위해 주의를 기울였다. 처음에는 양쪽 다 지지 않으려고 언성을 높였다.
그 뒤 몇 분이 더 흐르자 단서가 하나 나왔다.
딸이 "… 내가 하고 싶은 것… 딴 애들은 다 하고 싶은 거 하는데…"라고 하는 것이다. 나는 궁리를 해 보았다. 아마 물건을, 자신이 원하는 것을 사 주지 않아서이리라.
설 전날이라 친척들이 모였는데, 싸움이 난 것으로 처음엔 생각됐는데, 이 싸움을 말리는 제3의 목소리가 나지 않은 것으로 보아, 집에는 그냥 당사자들만 있는 듯했다. 8시가 절정이었다.
아빠는 좀 차분한 목소리로 얘기했으나, 딸은 목소리가 불안정하고 툭툭 끊기기도 했다. 울먹이는 것이다. 딸은 곧 비명 섞인 목소리를 내었다. 그때 결정적인 단어 하나, 컴퓨터. 다소 선명하게 들린 단어였다.
추리해 보자면 아빠가 지금 컴퓨터를 하고 싶어 하는 딸에 대해 싸움이 난 듯했다. 급기야는 거의 아주 큰 목소리로 소리를 지르면서 크게 크게 발을 굴렀다.
충격이 그대로 우리 층으로 전해졌다. 아빠는 더욱 차분한 목소리로 말했으나 딸의 언성은 낮아질 줄을 몰랐다. 급기야 "… 내가 왜 태어나서…”라는 부분을 들었다. 그러자 아빠도 다시 호통을 쳤다. 나중에 딸은 아예 말도 잘 잇지 못했다.

1층 차이가 나는 우리로서는 뭐라 하는지 알아들을 수가 없었다. 싸움은 계속되었다. 하지만 처음보단 훨씬 누그러들었다. 나중에는 거의 목소리를 알아듣기 힘들 정도였다.

다소 괜찮은 해결책을 찾았거나, 끝내 차갑게 돌아섰거나 둘 중에 하나일 것이다. 뭐 상관없다. 우리집이 아니니까.

2011. 3. 6. 일

**나만의 약속**

**(부모님께 내가 꼭 해 드리고 싶은 일)**

나만의 약속이라고는 하지만, 모든 부모에게 물어본다면 건강하고 공부 잘하면, 더 좋을 것이 없다고 할 것이다. 물론 건강해야 한다.
공부도 잘해서 속 썩이지 말아야 하는 것은 맞지만, 이들은 모두 너무 당연한 것이다.
공부는 날 위해 하는 것이지, 부모님께 하는 것이 아니다.
나 잘 살려고 하는 것은 당연한 일이니 부모님께 해 드릴 일이 아니다.
건강 하는 것도 부모님께 해드릴 일이 아니다. 이것도 너무 당연하기 때문.
우리 몸이 창조될 때, 일부러 하루 종일 아프도록, 항상 병에 걸리고 쉽게 다치는 몸을 창조 하셨을까? 물론 아니다. 우리는 역경이나 고난도 이기게 되어 있다.
그렇기에 우리가 발전하고 이렇게까지 살고 있는 것이다. 건강 하는 것은 그저 부모님의 소망이지, 해드리는 일이 아니다.
그렇다면 내가 부모님에게 해드리고 싶은 일.
단순하지만, 그리고 누구는 당연하다고 하겠지만, 부모님에게는 그렇게 좋은 것 = 효(孝) =

2011. 4. 10. 일

1학년, 이 학교에 전학 온 첫날이 기억난다.
중앙초등학교에 입학해 1개월간 다니다, 바로 삼육초에 나는 전학 왔다.
어차피 서로 이름도 모를 때 전학 왔으니 큰 탈은 없었다.
1학년 사랑 반으로 전학 온 나. 역시 거기서 몇 주 동안 다니다 믿음 반으로 오게 되었다. 당시 내가 반을 옮긴다고 하니까, 거기 애들이 가지 말라고 붙잡고 끌고 가곤 했다.
당시에는 정말 짜증나는 행동이었으나, 지금 와서 돌이켜 보니 '그때, 내가 참 그런 존재였나 보다'라는 생각이 든다.
아무튼 믿음 반 첫날, 나는 8시에 학교에 도착했다. 아무도 없었고 나는 그저 텅 빈 공간에 서 있을 뿐이었다. 그 뒤 애들 한명 한명이 오기 시작했다.
한 달간 중앙초등에서 있다가 다시 또 새로운 누군가를 접해야 한다니!
내내 이런 생각만 하고 앉아 있었던 듯하다.
이제 아이들이 다 오고 선생님도 오자 나는 앞으로 끌려 나갔다. 전학생이어서가 아니었다.
그날 맨 첫 번째로 왔다 해서!
당시 선생님이 무슨 일이 잠깐 있었는지, 잠시 '오늘 가장 일찍 온 사람'을 하라고 했다. 그리고 교실을 떠났다.
그냥, 오늘 말로 하자면 '칠판에 떠.학.적기'라고나 할까?. 이 반의 애들 이름 다 적은 종이를 코팅해, 거기다 자석을 붙여 칠판에 붙이는 것이었는데, 학생이 자세, 태도가 좋지 않으면, 그것을 칠판에서 떼어 버리는 것이다.
내가 1등이었으니 그것은 내 몫이긴 하다. 그런데 애들 이름도 모르는데 어찌하라는 건지?. 게다가 첫날이라서, 이름이 뭐냐고 하나하나 민망해서 물어볼 수도 없고, 막 떼면 온순한 애가 걸릴 테고,
내가 쩔쩔매자, 반장으로 보이던 애가 나와서 대신하기로 했다.
그럭저럭 첫날은 그렇게 갔고, 나는 학교에서 아빠를 기다리고 있었다.
지금이야 집이 가까워 걸어가지만 1학년 때는 집이 ○신이었다. 걸어갈 수 없는 거리라 학교에 남아 기다려야 했다.

2011. 7. 25. 월.

4학년 때의 일이 기억난다. 그토록 참담한 일도 없었지만, 일종의 추억으로 자리 잡아 떠나려고 하지 않는, 굳어버린 접착제와도 같아서 기록해 본다.
나는 여느 때와 같이, 학교에서 급식을 먹고 화장실에서 볼일을 보기 위해 지퍼를 내렸다. 일을 마치고 나는 다시 옷을 올리는데, 그 순간 바지의 고무줄이 급속도로 늘어났다.
바지는 내 주먹이 5개는 들어가고도 남을 만큼 넓어졌고, 그 어떤 뚱뚱한 사람도 이것은 맞지 않을 것이다 라는 생각이 교차했다.
바지를 1초라도 놓으면, 그것은 좋은 볼거리가 아니었기 때문에, 나는 학교 끝날 때까지 잡고 있어야 한다. 그래서 그날 엄마에게 항의를 했고

꿰매 주었다. 그러나 그다음 날도 고무줄이 풀렸다는 그런 이야기다.

이런 창피한 기억들이, 거머리처럼 뇌에 붙어 떨어지려고 하지 않는 이유는 무엇일까? 그런 생각을 하는 것이 거머리에겐 피가 되듯, 불에는 산소가 되듯이 이득 보는 것일까?

이 기억들은 강렬해서 그 당시 상황을 자세히 기억하기 때문인 것 같다.

오줌을 장시간 참아 본 적은 모두들 한번쯤은 있을 것이다.

끝내 못 참고 지렸든, 참고 쾌척하게 마침표를 찍었든, 그것은 상관이 없고, 일단, 참는 그 당시의 느낌을 적어 보자면, 가장 핵심적인 것은 '시간이 느려진다'는 것이다.

놀고 재미있는 생활을 보내면 시간은 너무나 빠르지만, 그 강렬한 상황에서는 시간이 야속하게 느리다.

느리면 느릴수록, 그 당시 상황을 더 잘 기억하게 된다.

마치, 거리를 뛰면서 가는 것과, 여유롭게 걸어가는 것의 차이와 비슷하다.

거리를 뛰어갔을 때는 그 풍경을 잘 기억하지 못하지만, 걸어갈 때는 느리게 가기 때문에, 같은 거리를 가도 더 둘러보고 자세히 볼, 즉, '시간을 느 리 게 만들 수' 있게 된다.

중요한, 급박한, 또는 고무줄의 실증처럼 참담한 상황에서는 '시간이 느려지기' 때문에, 피 만난 거머리처럼, 또 산소 만난 불처럼 뇌에 붙어서 접착제로 굳는 것이다.

하지만, 그런 기억을 만들고 싶지 않다고 해서 시간을 빨리 보내려고만 하지는 말자.

2011. 8. 1. 월.

이제 내가 있을 일은 지금까지의 1/12.
여섯 학년 중에서도 가장 높은 학년인데다 거기에 절반마저 지나갔다.
따라서 나는 앞으로 학교에 1/12만큼 남는다는 것이다.
1학년 때, 떨리는 마음으로 전학 온 그날부터, 지금까지 이르기에 얼마나 많은 일이 있었는지 모른다.
1학년 때는 지금의 나 같은 6학년들이, 그렇게 아득해 보일 수가 없었다.
그건 2학년 때도 마찬가지였다. 3학년이 되면서, 이제 어느덧 절반을 마쳐 간다는 생각에 한 걸음 가까워진 거리 같았다.
그리고 그 이후로는 더욱더 6학년에 가까워졌고,
그렇게 꿈같이 멀었던 최종학년이 되었다.
학년이 올라갈수록, 그걸 체감하는 정도는,
1학년에서 2학년이 될 때는, 사막의 모래알의 반지름 만큼이랄까.
2→3학년은 그나마 낫게(어디까지나 그나마) 지렁이가 1분 동안 이동한 거리,
3→4학년은 자동차가 달리는 속도,
4→5학년은 자동차가 과속하여 경찰에게 잡힐 정도고,
5→6학년은 오히려 코앞이라 그랬는지는 몰라도 걸어가는 속도….
더 보기 간편하게 할 수도 있다.

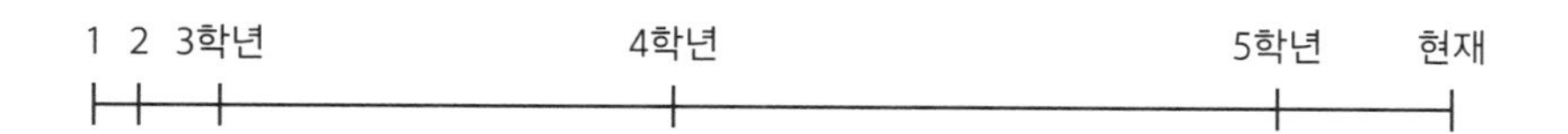

체감 상 4→5학년이 가장 빠른 것 같았던 이유가, 아마도 심리적으로 2학년이나 6학년으로부터 떨어진 4학년이, 그의 코앞으로 올라간다는 점 때문이라고 추정하고 있다.
전에는 선배들에게 밀리고 싶지 않아서 6학년이 빨리 되기를 원했는데….
이제 곧 중학교에 들어가야 한다는 '6학년'만의 고뇌를 알게 되었다.
우리 반 남자애들만 해도 삼육중을 원하는 아이들이 많으니…
그 애들도 이 고뇌를 느꼈을 것이다.

2011. 8. 2. 화.

한 집안의 가장으로서, 가족들이 원하는 것을 어느 이유든 해 줄 수 없다는 것은 슬픈 일이다. 능력이 없을 수도 있고, 싫어서 그럴 수도 있지만 어느 이유에서든 가장은 책임을 질 의무가 있다. 그리고 이를 망가뜨리지 않고 충실히 해내는 사람들은 대체로 한 가지 유형으로 분류된다.
이건… 인간 세계의 이야기고, 어딘가에 있을, 그러나 어딘지 알지 못하는 세계.
그러나 오늘 내가 탐사하고 온 세계에는 다소 다른 경우도 있다. 가장의 책임으로, 우리 아빠가 그 세계의 마지막 탐사 비디오를 자신과 자신의 가족들, 즉 우리들에게 보여 준 것이다.
인간과 비슷하나 인간은 아니다. 인간은 해낼 수 없는 일을 해내고, 요즘 인류가 전쟁하는 참혹한 광경은 거의 없다. 이상히도 이번 비디오는 약간 뭐한 장면도 있었는데, 상관할 건 없고 총 8편의 비디오로, 그들의 한 사람을 초점으로 둔, 신기하고 재미있는 영상이었다.

그것을 주인공은 다름 아닌... 김형률.

인간이 아니라고 앞에 적어 놨는데 김형률이라면 말이 안 된다.

김형률이 무슨 의미인지는 알아서 파악할 것이다.

오늘 본 건 형률의 마지막 전투와 평화로운 끝.

지금까지 형률 시리즈를 재미있게 봐 온 나로서는, 이번 비디오가 감흥이 깊었다. 가장으로서, 내가, 내 형이, 내 엄마가 비디오를 보고 싶어 해서 아빠가 볼 수 있게 해 준 것이었다.

그 전날 밤, 컴퓨터 앞에 앉아 좌석을 정하고 오늘 2011년 8월 2일에 장장 2시간이나 앉아 있어야 했던 마지막 김형률 시리즈.

뒤늦게 말하게 되었지만,

김형률→Harry Potter를 뜻하는 것.

선생님은 '꼭 책으로 엮어보고 싶어요'
**초등생 일기**

1판 1쇄 발행 2025년 4월 21일

지은이 서제연

교정 주현강 편집 이새희
마케팅 • 지원 김혜지

펴낸곳 (주)하움출판사 펴낸이 문현광

이메일 haum1000@naver.com 홈페이지 haum.kr
블로그 blog.naver.com/haum1000 인스타 @haum1007

ISBN 979-11-7374-040-4(03810)

좋은 책을 만들겠습니다.
하움출판사는 독자 여러분의 의견에 항상 귀 기울이고 있습니다.
파본은 구입처에서 교환해 드립니다.